THE WORKING STORY OF A FOREIGN TRADE ACCOUNTANT ROOKIE
(THIRD EDITION)

外贸会计 上班记

谭　天◎著

第三版

中国海关出版社有限公司

·北京·

图书在版编目（CIP）数据

外贸会计上班记／谭天著. --3 版. --北京：中
国海关出版社有限公司，2025. -- ISBN　978-7-5175
-0834-2

Ⅰ. I247.5

中国国家版本馆 CIP 数据核字第 2024P75F41 号

外贸会计上班记（第三版）
WAIMAO KUAIJI SHANGBAN JI（DI－SAN BAN）

作　　者：谭　天
责任编辑：文珍妮
责任印制：王怡莎
出版发行：中国海关出版社有限公司
社　　址：北京市朝阳区东四环南路甲 1 号　　　　邮政编码：100023
网　　址：www. hgcbs. com. cn
编 辑 部：01065194242－7504（电话）
发 行 部：01065194221/4238/4246/5127（电话）
社办书店：01065195616（电话）
　　　　　https：//weidian. com/？userid＝319526934（网址）
印　　刷：北京利丰雅高长城印刷有限公司　　　　经　　销：新华书店
开　　本：710mm×1000mm　1/16
印　　张：12　　　　　　　　　　　　　　　　　字　　数：183 千字
版　　次：2025 年 1 月第 3 版
印　　次：2025 年 1 月第 1 次印刷
书　　号：ISBN　978-7-5175-0834-2
定　　价：55. 00 元

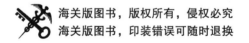

序　言

会计学是一门非常枯燥的学科，学科的内部又涉及很多行业，每个行业的侧重点千差万别。大学教科书上的理论知识已满足不了学生毕业后实际工作中的操作需要，最终造成了理论与实践的断层。会计实务知识培训就是衔接理论与实践的一个桥梁。

谭天老师于2012年开始在正保开放课堂上进行出口退税实务知识培训。谭老师温文尔雅，授课精练严谨，讲解深入浅出，将枯燥无味的理论知识转化成通俗易懂的语言，使出口企业的会计实务操作知识更容易理解与贯通，为前来培训的人员更好地完成本职工作打下坚实基础。

《外贸会计上班记》这本书，不同于很多的会计实务书只有枯燥的术语和数字，它很好地将主人公魏青青的职场经历和出口企业的实际业务联系在一起，使读者在读故事的同时也学习了实际业务的操作，加深了对行业知识的了解。魏青青最终依靠大家的帮助和自己的努力，取得了事业上的成功，拓宽了人生的道路。"学习改变命运，知识创造财富。"希望正在阅读此书的你通过这本书，熟练掌握出口企业的财务知识，创造自己的人生财富。

我在这里预祝谭老师的《外贸会计上班记》能够畅销，在引起广大读者共鸣的同时，解决业务中的实际难题。

正保远程教育教学部总裁　朱俊朴

2015 年 8 月

第二版前言

各位亲爱的读者，《外贸会计上班记》自 2015 年出版至今已经印刷了两次，在当当、京东等各大网站销售近万本。从读者的反馈来看，这本书确实帮助很多想从事出口企业财务工作的人，了解了出口企业的退税以及贸易业务知识，有的读者还因此选择了出口企业的工作岗位。所以每次看到各位读者的评论，我都十分欣慰，内心雀跃，这也是我写这本书的初心，即"己欲立而立人，己欲达而达人"。

在这 5 年中，《外贸会计上班记》虽然印刷了两次，但是书中的内容改动不是太大。考虑到从 2015 年到 2020 年，国家税务总局出台了很多出口退税政策，进口增值税税率也从 2015 年的 17% 下调到了 13%，另外还有一些进出口相关手续也发生了变化，过去的知识内容已经跟不上时代的发展。

2019 年，我特意在《外贸会计上班记（第二版）》出版前，与中国海关出版社的马超主任沟通了一下，对书中很多的旧知识和时间线做了一次较大的更新。另外，对于第一版中比较复杂的计算和软件操作内容，很多学员反馈这些知识点对于刚接触出口企业的财务的人员来讲很难理解，一时半会儿也用不到。为了让本书更加生动和友好，不让读者看完之后对出口企业工作打退堂鼓，我把复杂的计算和软件操作内容做了相应删减，并增加了一些有趣的出口退税业务相关案例。如果通过这种设置能让读者感到出口企业工作不错、有意思，我的目的就达到了。

非常感谢购买《外贸会计上班记》的读者们，谢谢你们的支持。如果各位读者有更好的想法和建议，那么希望你们在当当、京东留下宝贵评论，虽然我不能回复你们，但是每一个评论我都会仔细查看。在这里，借用一句话与各位读者共勉：不为困苦所屈服，不为艰险而低头，不为磨难所吓倒，为自己鼓掌，人生之路会越走越宽广！

谭　天

2020 年 5 月

第三版前言

　　各位亲爱的读者，本书从 2020 年第二版出版到现在已经过去四年多了。为了更好地帮助国内企业改善进出口贸易环境，降低贸易成本，简化退税流程，国家税务总局在这四年里出台了一系列有力的税收优惠政策。这些政策的变化对进出口业务和税务申报的流程也带来了不小的改变。为了及时跟上政策变化，本书第三版对涉及企业注册、申报日期及退税系统等方面的内容进行了详细修订，希望能更好地为从事进出口业务的读者提供支持和帮助。

　　特别感谢购买《外贸会计上班记》各版的读者们，如果你们在阅读本书的过程中遇到问题和疑惑，也可以关注我的公众号——"谭天说退税"，留下你们的相关问题和宝贵建议。

谭　天

2024 年 7 月

目
Contents
录

外贸会计上班记（第三版）

第二篇

　　初入新公司，魏青青虽然受到了老业务员的刁难，但同时也得到了不少热心同事的帮助。魏青青坚信，在学习的道路上没有"拦路虎"，只要想学，到处都有老师。虽然经历了失恋，但她将主要精力投入学习和工作中，并取得了一些成绩。

风波中的努力与成长

第三篇

　　魏青青在工作中不断遇到新的危机和挑战，凭借自己在工作中积累的经验和同事的帮助，她最终都"化险为夷"。魏青青得到了公司领导和同事的认可，并被委以重任。

守得云开见月明

第一篇　年轻外贸会计的新起点

　　饱经失业痛苦折磨的魏青青，终于等到了一家外贸公司向她伸出的橄榄枝。在经济和心理的双重压力下，没有在外贸企业工作过的魏青青在外贸会计工作的新起点上起跑。

第一章 / 向后退的代价

生活中存在很多壁垒，有时我们还未尝试打破，就已经退却。然而壁垒从未消失，它隐蔽在不远处，等着我们去触碰或付出躲避它的代价。

第一节 外贸会计新人魏青青

魏青青今天终于在家休息了。要是平时，魏青青早就和闺蜜出去逛街了，可是这次休息不同于以往，魏青青突然失去了在优美特（中国）化妆品有限公司①的会计工作，开始在家"休长假"。

2014 年，魏青青从东北财经大学毕业后，本计划回老家吉林，当时父母已经托关系把她的工作安排妥当了。然而，综合考虑了一些因素后，魏青青选择留在大连。

首先，大连是个开放的城市，而且它是东三省重要的港口。东三省的财富和人才大都流向此地，只要你有一技之长，就能在此拥有一席之地。

其次，魏青青是个比较有小资情调的女子。大连湿润的空气、美丽的海滩、色彩斑斓的遮阳伞等，都比较符合她的喜好。

大学时结识的男朋友林浩是让魏青青选择留在大连的最重要的原因。林浩是个土生土长的大连人，是那种放在人群中一点儿都不显眼的男生，他在

---

① 本书涉及的公司名称、人名、企业代码等均为虚构，如有雷同，纯属巧合。

那群追求魏青青的异性中既不是最有才的，也不是最有钱的。他靠着自己的激情以及无赖式的执着，最终追到了魏青青。

毕业后，魏青青应聘到优美特（中国）化妆品有限公司做财务工作，并靠这份工作在大连生活了多年。林浩在这些年里换了很多份工作，每次换工作他都有一堆的理由——老板不好、同事陷害、工作不理想……魏青青不喜欢生活经常发生变动，她只想有一份有前景的工作，有一个温暖的家庭。虽然赚得不多，但魏青青一直对这份工作和以后的生活抱有期望。她希望能在这家公司一直工作下去并有所发展，也希望生活能带给她一份甜蜜。然而，现实生活并不会一帆风顺，王子和公主幸福地生活在一起也只是童话而已。真正的生活要时时刻刻面对困难与挑战，它们不会等你准备好再来到你的面前，它们总是在意想不到的时候给你一击。而魏青青并没有做好面对这些的准备。

第二节　深陷公司内斗，无奈离职

半年前，优美特（中国）化妆品有限公司发生人员变动，公司的财务主管林美心因为身体原因准备回家休养一段时间。几天后，张总突然把魏青青叫到办公室并和颜悦色地对她说："小魏，你在公司工作挺久了，工作经验比较丰富，内外关系处理得也十分得体。在林经理休养这段时间，公司的财务工作需要有人管理，我打算让你作为临时的财务主管代管一下，你能不能把工作接下来？"

魏青青惊讶之余思量起来：林美心，公司里的人背地里给她起了个绰号叫"林没心"，她这个时候休假有点蹊跷，正好总公司说要到分公司查账。魏青青心想："公司有那么多能力和自己差不多的会计，为什么偏偏选择她做临时财务主管呢？这看起来是升职，但责任重大，而且临时财务主管的薪酬也不会调整。如果接下了，干不好的话，自己就得背黑锅；干得好的话，林美心回来也不会善罢甘休。可是，要是不答应张总接下这份工作的话，就是不给老板面子，自己在这家公司还能待下去吗？"魏青青只得说："张总，我水平不行啊，还需要再学习学习。"

张总笑道："我看好你。林美心休假之前也跟我说过，在这些会计中，她最看好你。你反应快、做事仔细，肯定没问题的。"

魏青青暗骂林美心，说道："张总，这太突然了，我考虑考虑行吗？"

张总和蔼地点点头说："可以，但你最好快点，要对自己有信心！这也是公司对你的信任！"

其实魏青青的思虑没错，张总已经暗自盘算过了。平常张总就觉得青青最老实，让干什么干什么，也没意见，不像其他人那么"刺头"。这次总公司来查账，问题肯定不少，林美心和总公司联系得比较多，听到风声提前躲了。要找一个没脾气还能受气的人，他想来想去觉得魏青青是最合适的。

魏青青思前想后，第二天还是回绝了张总。原因当然不是她自己说的"工作能力不行"，而是林美心动不动就休病假，许多工作都是由魏青青来做的，所以青青知道公司的会计制度不规范，有一些账款对不上，有些属于历史遗留问题，有些源于内部管理不善。不久前，总公司换了财务总监。新官上任三把火，新财务总监开始对各个分公司的财务情况进行全面检查。一旦魏青青答应了张总，工作量会更大，工作会更复杂、更有难度。到时候，她不仅要负责应对这次总公司对分公司工作的审核，还要和税务局搞好关系。等林美心休假结束后，公司也不能有两个财务主管，魏青青还得从临时财务主管的位置上退下来。

得罪人的事是魏青青最不想做的。和学生时代那个积极活跃的魏青青不同，现在的她只想稳定地生活，不喜欢有负担和压力。一想到如果公司关于财务和审计的工作、与税务局联络的事儿都得由她负责，青青心里就打鼓。

眼看距总公司工作人员到来的时间越来越近，张总没办法，只得说尽好话把林美心请回来，又是答应给她涨工资，又是答应延长她的年假。林美心回公司后更加不可一世，张总是哑巴吃黄连——有苦说不出。魏青青断然回绝了张总，张总因此认为魏青青不给自己面子，自此，张总有什么气就撒到魏青青头上。林美心回来后，听说张总在自己不在的时候找魏青青来做主管，便一直对青青耿耿于怀，在工作中也总是挑青青的毛病。青青可谓两头受气。

有一次开会，张总指出公司在财务方面有很多不足的地方需要继续改进，并和颜悦色地表扬魏青青的工作表现，让林美心也多听听青青的意见。张总这么做，分明就是在挑拨离间！林美心更认为是魏青青在背后打了自己的小报告，后来她就给青青安排了大量的工作，并处处针对青青。之后，林美心终于等到了青青工作出现纰漏的那一刻，于是向人事部门申请辞退青青。

青青失业了，从公司回来的路上，青青好想找一个"避风港"让自己可以依靠，于是给林浩打了电话，结果没人接听。青青站在路中间，眼泪止不住地落下，身后没有灯光，眼前是白茫茫的一片。

为找一份新工作，青青投出去不少简历，但至今杳无音信。

外面的小雨淅淅沥沥地下着，青青看着玻璃上的雨滴汇成水流，越来越快地流下来，一筹莫展。

第二章 / 新的开始

人的一生不会一帆风顺。当你遇到坎坷的时候不必痛苦，要打起精神来。上帝为你关上一扇门，也会为你打开一扇窗。

第一节 出口企业的新挑战

早上青青在家洗衣服时，手机铃声响了。青青迅速把手擦干，拿起手机。

"您好，请问您是魏青青女士吗？"电话里传来柔和的声音。

"您好，我是。"

"我是大连布罗森服装有限公司（简称布罗森）的 HR（人事专员）。您向我们公司投递了简历，应聘我们公司的外贸会计岗位。我看了您的简历，觉得您基本符合我们的要求。请您周三上午九点半来我们公司面试。"

"好的。"

青青挂掉电话的同时，轻轻地舒了一口气。她找工作已有一个多月了，经济上和心理上都承受了很大的压力。刚开始找工作的时候，得到的面试机会还比较多，但过了两周后，约青青去面试的公司就越来越少了。青青从林浩那里了解到，这是因为现在招人的企业比较少，很多招聘信息是虚挂。所以，只有一开始联系青青的那些企业才真的有用人需求。自青青和林浩毕业以来，就业形势一年比一年严峻。林浩说他今年年初去了一次人才市场，感觉今年就业形势不乐观，让青青不要挑挑拣拣，赶紧找一个工作先干着。

青青也知道不能在家里闲着，现在她和林浩两个人在外租房住，每月的房租、生活费是一笔很大的开销。林浩的工作不稳定，青青以前的工资也不算高。以现在的情况来看，两个人辛苦攒下的积蓄，也只够维持半年的生活。在大连这个高消费的地方，青青和林浩吃、穿不能随心所欲。林浩家是本地的，有时候能回家拿一些东西。老人心疼孩子是人之常情，吃的东西拿了就拿了，要是穿的衣服还得要父母给买，就有些说不过去了。

青青最开始找工作的时候，也是抱着赶紧找一家公司先干着的想法。不过，每当谈到薪酬的时候，青青心里就有些不平衡。青青觉得自己已经不是刚毕业的大学生了，而且有工作经验，但一些公司提供的薪酬让青青根本无法接受，她后悔没抓紧把 CPA（注册会计师）考完。青青又想起自己在前一家工作单位的情况，觉得还是应该找一家管理正规的企业，免得以后还会发生工作变动。

青青在网上查询了她要面试的这家公司的信息，得知这是一家韩资企业，成立于 2017 年。青青应聘的岗位是外贸会计。虽然以前她没做过外贸方面的会计工作，但是她对自己的学习能力还是比较自信的，她决定抓住这个机会去试一试。

面试时间是九点半，地址是大连市甘井子区红旗镇。去之前，青青在网上查了地图，这个地方离市区较远，坐车的话不堵车也得一个多小时，下车后还要走很长一段路。

青青到公司后，前台的小姑娘正在用韩语接电话。她接完电话，说让青青去楼上的会客室等一会儿，面试她的人会过来。

等了六七分钟，一个 40 岁左右、戴着眼镜的中年人出现在青青面前，他自我介绍道："你好，我是大连布罗森服装有限公司副总经理，崔京宇。"

青青急忙站起来打招呼："您好，崔总。"

崔总一边用手势示意青青坐下，一边询问青青以前的工作经历，边听边点头。了解了青青的情况后，崔总向青青简要介绍了公司的情况：公司是韩资企业，是一家专门从事韩国、日本、美国服装加工的进出口贸易公司，公司总部设在韩国。公司与多个国家均有贸易往来，拥有庞大的客户网络。原来以工厂为主，现在公司为了应对贸易额的增加，决定成立一家外贸公司，需要招一个会计在市内做业务。

青青虽然从没有做过外贸公司的会计，但不想失去这次来之不易的机会，她忐忑地说："我虽然没有做过外贸会计，但我学的专业是会计，我一定会在最短的时间内掌握公司的业务！"

崔总淡淡一笑："我看你简历上写的工作经验是做过内销业务，不过你也不要有心理负担，出口型外贸公司的账务处理和操作比出口型生产企业的简单得多，而且工厂这边还有一位非常有经验的赵会计，他是负责做工厂的出口业务的，前期他会和你一起工作，你可以多向他学习。我们这个岗位的工作并不难，我看你在会计岗位上也工作了很长时间，只要你认真学习，应该会很快适应这个工作。你说话很实在，没做过就是没做过，你如实地告诉了我，我看好的就是你身上的这些品质。"

听崔总这么一说，青青暗暗松了一口气。

崔总接着说道："工资是试用期 4 000 元，公司给交五险一金，两个月转正后工资调整到 6 000 元，你看这个薪酬你可以接受吗？"

青青虽然觉得崔总提供的薪酬不太理想，但考虑到自己对外贸企业的业务一点儿经验也没有，如果能通过这份工作学到更多的东西，那也是不错的。有外贸企业的工作经历，以后再到其他外贸企业求职，自己的竞争力也会增加。

于是她当即表示工资可以接受，接着便问什么时候能来上班。

崔总说："下周一吧，我先把刚才提到的那位赵会计介绍给你，以后你有什么不懂的，可以直接问他。"

说着，崔总让前台的小姑娘把财务部的赵会计叫进来。不一会儿，赵会计就来了。

"这是咱们公司新来的外贸会计魏青青。她以前没做过外贸会计，希望你前期带一带她。"崔总对赵志刚说罢，又转向青青："这就是赵志刚会计，负责咱们工厂的出口业务，非常有经验。"

青青友善地笑着说："您好，赵会计。以后请您多指教。"

赵会计也满脸堆笑地说："好的。"

赵志刚今年 45 岁，曾经是国有企业——大连连衣贸易有限公司的会计，而那个时候，崔京宇是大连连衣贸易有限公司的业务员兼翻译。后来因为公司改制，恰逢崔京宇的客户金社长在大连开设工厂，赵志刚就和崔京宇一起来到了布罗森。所以，赵志刚也算是公司的元老了，就连崔京宇的会计业务也是赵志刚教的。有时，在开财务会议时，赵志刚会给崔京宇提出一些让他难堪的问题，这让崔京宇很纠结。赵志刚这个人，工作做得不错，就是有些得理不饶人，也许在一个岗位上做久了，经验丰富了，人都容易变成这个样子。所以，有的时候，赵志刚这个老会计还真让崔京宇头痛。

赵志刚表示一定会在以后的工作中指导青青，青青也感谢了赵志刚。赵志刚走后，崔京宇跟青青说："赵会计有丰富的外贸会计工作经验，你以后要多向他虚心学习。"

青青口头答应着，心里却担心："这个赵会计看上去不太容易相处，说不准和林美心是一个类型的，以后在工作中一定要多加小心。"

第二节　外贸会计的第一课

青青突然想起崔京宇之前说的话，便问："崔总，刚才听您说出口型外贸公司的账务处理和操作比出口型生产企业的简单，我不是太理解，出口企业怎么还有生产和外贸的区别呢？"

崔京宇说："当然有区别。第一类是采购原材料或半成品，经过一系列加工，形成适销对路的出口产品，这类就是生产企业，重点是有加工能力。第二类是采购原材料、半成品或者成品直接出口，赚取中间差价，这类就是外贸企业，重点是所有出口的商品不经过加工。"

"哦，原来是这样，这两类出口企业出口退税核算是一样的吗？"

"当然不一样了，生产企业执行免抵退税计算，外贸企业执行免退税计算。"

"这么说，这两类企业出口业务不一样，退税核算也不一样，那肯定会计处理也不一样了。"

"会计处理不能说完全不一样，但肯定是有一些区别的，这就需要你自己找相关资料和出口退税政策学习一下了。"

"这样的话，对于新手来说是不是主要看营业执照的内容，如果内容有加工制造就是生产企业，反之则是外贸企业？"青青低下头想了想，又看着崔京宇问道。

崔京宇笑着说："果然是新手的问题，判断企业类型主要看业务而不是营业执照。有的生产企业在刚成立的时候，有出口订单，但是没来得及购买设备和组织工人，无法组织生产，就只能从其他有能力加工的国内企业购买成品然后出口，做一买一卖的外贸业务，这样的企业虽然从营业执照判断是生产企业，但是一开始只能按照外贸企业进行出口退税备案。如果以后有加工能力了，再变更企业类型。不能想当然，所以呀，你需要学习的出口退税知识还很多呢，以后有不明白的地方，可以私下问我。"

"您那么忙，我怎么好意思啊！总之，太谢谢您了！我下周一就过来上班！"

"嗯。另外，这边的外贸公司才注册了营业执照，还需要你办一下剩余的手续，好吧？"

"好的，那您先忙，下周一见。"

回去的路上，青青坐在车上回想自己这些年来的工作经历。她觉得虽然之前的工作提供了可以糊口的薪水，但它并没有给自己的职业生涯带来太大的帮助。在之前的工作中，她不需要学习新知识，除了领导给的人际交往方面的压力以外，自己在工作上还真是一点儿压力都没有。没有困难的工作虽然很安逸，但并没有让自己获得安全感。今天，当她再去应聘时，发现自己的竞争力并没有增加多少。青青下定决心，坚决不能重复过去的错误，她拿定了主意，一定抓住这次机会，努力干好这份工作。青青扭过头，看到了车窗上映出的自己略带凝重的脸色，还有坚定的眼神。

由于刚刚下过大雨，青青觉得视线所及之处的颜色似乎都变得鲜艳了。太阳透过云层放射出几缕光芒，照亮了周围的景致。望着窗外西山的美景，青青的心情舒畅了许多。

第三章 / 第一个挑战，申请成立外贸公司

出口企业中，外贸公司的业务相对简单，对新手来说是一个不错的开始。

第一节　出口企业设立手续都有哪些

转眼到了周一，早上八点半青青就来到工厂。青青刚到办公室，赵志刚就拿着一个档案袋来到她面前，说："小魏，外贸公司的营业执照已经办下来了，还有些后续手续，需要你自己去办理，你先把剩余手续办完吧。"

青青问："我知道内贸企业需要办理的手续，赵老帅您了解出口企业和内贸企业有哪些具体的区别吗？能提示我一下吗？"

赵志刚已经准备走了，听到后又说道："我也只是知道个大概，你自己上网查查，看看从哪里开始办方便。"然后便头也不回地大步走了出去。

青青一头雾水，完全不知道要从哪里开始。她想详细询问赵志刚，但赵志刚已经走了。

青青无奈，拿到赵志刚给的营业执照后，她看了下企业的名字——大连FH国际贸易有限公司（简称FH贸易公司），看样子这就是布罗森准备成立的外贸公司了。

青青决定先上网查查，看能不能得到一些有用的信息。网上的信息很多，青青一一归纳了出来：出口企业登记、备案所涉及的部门包括各地市场监督管理局、商务局、海关、外汇管理局、税务局等。各地市场监督管理局负责

营业执照的办理，要求企业经营范围必须包含进出口，这个手续已经办完了；商务局原本负责办理对外贸易经营者备案登记，但根据最新规定，自2022年12月30日起，从事货物进出口或者技术进出口的对外贸易经营者不再需要办理备案登记；海关负责办理进出口备案及电子口岸登记；外汇管理局负责办理外汇管理登记以及贸易外汇收支企业名录登记；税务局负责办理出口退税认定。

看着这些信息，青青决定逐个击破。

第二节　外贸会计新手该了解的出口退税政策

这几天，青青一边等着办理手续，一边自己学习。有不会的知识，就看看书，或在网上搜索查询。网上解决不了的问题，她就去问赵志刚。

青青发现赵志刚在教人的时候总是只说一半的话。比如，问他外贸企业办理退税需要哪些材料，他说报关单和增值税发票；再问他对于发票和报关单有什么要求，他就说你得看政策。再比如，问他外贸企业的收入要折算确认，汇率是选择出口当天还是出口当月的某个工作日，他说都行；再问他是买入价、卖出价还是中间价，他就说你看看政策。看到赵志刚这个样子，青青也不禁为自己的未来担心："不会遇到一个男版的林美心吧？"

其实赵志刚并不是针对青青，他对其他会计也是这样。赵志刚虽然是公司的元老，但是他总担心自己的地位不稳。在企业发展之初，赵志刚不计个人得失，做了许多工作。作为公司最初的那批员工，其付出的努力和得到的回报并不一定是对等的，许多员工并没有和公司走到最后。在公司最艰难的初创期过后，大部分元老级员工都有了自己的位置。

赵志刚对他现在的职位并不满意，他本是奔着财务总监的位置去的，可没想到的是，成长后的布罗森并没有设置财务总监这个职位。社长下设几个副总，财务副总由金社长的好朋友担任，而这个人就是赵志刚一手教出来的崔京宇，这让赵志刚心里很不平衡。

随着公司规模越来越大，企业招聘的会计越来越多，赵志刚一直把这些招进来的会计想象成自己的潜在竞争者。虽然布罗森的历史不长，但是一直在布罗森做会计的只有赵志刚一个人。在这些年里，有不少会计离开了公司，而他们的离职与赵志刚从中作梗不无关系。

对于青青的到来，赵志刚并没有放松警惕。尽管青青以前没有相关的工作经验，但是年轻人学东西很快，以前赵志刚也带过几个年轻人，知道年轻人的潜力。赵志刚不会轻看任何人。

带新人是崔京宇交给赵志刚的任务，不管愿不愿意，赵志刚都要教青青一些东西。赵志刚心里合计着，反正我是教你了，至于教到什么程度，就由我把握了。

赵志刚对工作游刃有余，青青这边则是一团乱麻。青青认为像这样想到一个问题问赵志刚一句，久而久之他也会烦，不如将问题汇总起来一起问他。之后，青青便将所有有关政策看了一遍，然后将自己不懂的问题汇总在表格里，做成选择题，发电子邮件给赵志刚。

赵志刚看到电子邮件后有些哭笑不得。面对这么认真的青青，他找不到不回复的理由。说自己太忙了？青青把所有问题都列成了选择题，只需要选择 A、B、C、D 就可以了。赵志刚正犹豫间，青青走过来说："赵老师，我的电子邮件您收到了吗？"

赵志刚说："收到了，我正看呢。你不用叫我老师，叫我赵哥就行了。"

青青笑着说："我还是叫您赵老师吧，您在出口企业财务方面的经验比较丰富。我有很多问题想问您，所以汇总了一个表格。您要是能在百忙之中帮我解答一下，我就太感谢您了。我还有一些需要当面请教的问题，如果您中午有时间的话，咱们就在工厂附近的饭馆吃顿饭，您顺便指导我一下。"

赵志刚明白了青青的意思，虽然推脱了几下，但中午还是和青青去工厂附近的饭馆吃了一顿饭。下午，赵志刚抽出了一些时间，对青青归纳的问题一一做了答复。

青青头昏脑涨地学习了 5 天。虽然之前赵志刚解答了青青的问题，但是她还有很多困惑。同时，青青也发现赵志刚给出的答案有时和政策不相符，近年来国家税务总局出台了多项出口退税政策。也不知道是赵志刚的答案错了，还是政策发生了变化。看样子，还真是"师傅领进门，修行在个人"。结合各种税收政策和赵志刚的解答，青青心里总算是有数了。随后，青青把整理好的最新政策打印出来装订在一起，方便翻看。

眼前最紧要的事还是为企业办理后续的进出口手续。

第三节　海关进出口货物收发货人备案

下一步，青青要办理海关进出口货物收发货人的备案手续。根据海关总署、市场监督管理总局公告 2019 年第 14 号《关于〈报关单位注册登记证书〉（进出口货物收发货人）纳入"多证合一"改革的公告》，海关进出口货物收发货人《报关单位注册登记证书》纳入"多证合一"改革。企业在办理工商注册登记时，也可以同步办理进出口货物收发货人的备案登记，并补充填写相关备案信息。市场监管部门按照"多证合一"流程完成登记，并在市场监督管理总局层面完成与海关总署的数据交换。海关确认收到企业工商注册信息和商务备案信息后即完成企业备案，企业无须再到海关办理备案登记手续。

根据上述公告，企业在办理工商注册登记时就应该完成进出口货物收发货人备案申请，但是前期手续是赵志刚办理的，他根本没有办理备案申请，所以这项手续就得青青处理了。好在根据政策，企业未选择"多证合一"方式提交申请的，仍可以通过中国国际贸易单一窗口（简称"单一窗口"）或"互联网＋海关"一体化网上办事平台提交进出口货物收发货人备案登记申请。

所以，青青不用跑到开发区海关办理手续了，路上和排队等待的时间加起来，少说也得一天，而且要是出现手续不全的情况，还得反复折腾。这也是各级政府部门为响应国务院倡导的简化企业办理外贸备案手续、壮大外贸主体、促进出口稳定增长而提出的便利举措之一。

青青打开网页，搜索"中国（辽宁）国际贸易单一窗口"。什么是"单一窗口"呢？因为办理进出口业务相关手续比较复杂，通过一个统一的平台办理涉及海关、海事、出入境边检、港务、税务等多个监管部门的事务，可以提高监管效率，降低企业成本。"单一窗口"由中国电子口岸数据中心负责运行维护。中国电子口岸是经国务院批准，由海关总署会同多个部门共同建设的跨部门、跨地区、跨行业信息平台。

第一次应用这个系统需要注册相关企业信息。于是，青青按照说明注册后，登录系统（见图3-1）。

图3-1　中国（辽宁）国际贸易单一窗口用户登录页面

登录系统之后选择"中央标准应用"中的"企业资质"，点击"海关企业注册备案"（见图3-2）。

图3-2　中国（辽宁）国际贸易单一窗口的海关企业注册备案页面

然后，选择"注册登记申请"，填写企业信息，保存后提交（见图3-3）。

图3-3　中国（辽宁）国际贸易单一窗口的注册登记申请页面

青青看到，除了"注册登记申请"功能外，还有"注册信息变更申请""换证申请""注销申请"等功能。查阅了有关政策后，青青了解到，企业日常注册登记内容发生变更的，比如地址、法人、企业名称，应在变更生效之日起30日内在该"单一窗口"完成进出口收发货人变更手续。

青青办理完海关进出口货物收发货人备案后，将业务情况反馈给赵志刚。赵志刚是很久以前办理的这些手续，很多业务都忘记了，对于新手续也不太了解，便问青青："我记得以前企业申请办理进出口收发货人注册备案的时候，海关会给一个登记证书。现在你不去海关了，海关是否核发《报关单位注册登记证书》？"

青青回答："从2019年2月1日开始，海关不再核发《报关单位注册登记证书》。不过我们可以在'单一窗口'里自行打印备案登记回执。"

"原来是这样，回头你最好打印出来。另外，以前这个证书有有效期，需要每两年年检一次。延期的手续现在还有吗？"赵志刚问。

"备案长期有效。进出口货物收发货人只要在每年6月30日前，在国家企业信用信息公示系统上向注册地海关提交《企业信用信息年度报告》就可以了。"

青青的回答让赵志刚非常满意，他频频点头，说道："现在手续的确简化了很多，效率也高了很多，不错。"

第四节　外汇管理局外汇登记证书和企业名录的办理

完成海关备案后，青青不仅要去银行办理外商直接投资外汇登记，还要到所在地外汇管理局办理"贸易外汇收支企业名录"登记手续。首先，需要登录国家外汇管理局数字外管平台（ASOne）进行法人注册（见图3-4）。然后，填写企业信息，上传申报数据后到柜台提交纸质资料进行审核。

相关手续办理完成之后，柜台人员告诉青青，外汇管理局通过网上监测系统对货物和资金流进行监管，出口企业收付汇应根据不同情况做相应的贸易信贷报告。青青听完后不太明白，但是看着柜台人员一脸严肃的样子，她也没好意思再问，便想自己查查资料。

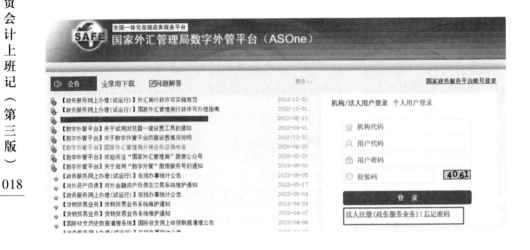

图 3 - 4　国家外汇管理局数字外管平台（ASOne）用户登录页面

青青回到公司后，通过学习政策初步了解了一些外汇管理局的要求。原来，外汇管理局将出口企业分为 3 类，A 类企业为守信企业，银行对于这类企业收付汇的审核最简单，而对于因为特殊原因被降级的 B 类和 C 类企业，审核工作就比较严格了。所以，日常的会计工作就要严格执行外汇管理局要求，保证相关的收付汇业务正常，这就需要提交贸易信贷报告。什么条件下提交报告呢？政策要求企业应在货物进出口或收付业务实际发生之日起 30 天内，通过监测系统向所在地外汇管理局报送对应的预计收付汇或进出口日期等信息，包括：30 天以上（不含）的预收货款或者预付货款；90 天以上（不含）的延期收款或者延期付款。

如果没有按时报告，被外汇管理局核查到，又没有合理的理由，就会被外汇管理局从 A 类企业降级到 B 类或者 C 类。相关的外汇政策很多，青青想等到具体情况出现后再进行操作，现在先学习理论知识。

小贴士

A 类企业进口付汇单证简化，可凭进口报关单、合同或发票等任何一种能够证明交易真实性的单证在银行直接办理付汇，出口收汇无须联网核查；银行办理收付汇审核手续相应简化。

B 类企业贸易外汇收支由银行实施电子数据核查。

C 类企业贸易外汇收支须经外汇管理局逐笔登记后办理。

A 类企业收付款的手续最简单。出口企业会计如果不想增加自己的工作量，就要达到外汇管理监测系统的要求，从而将本企业保持在 A 类企业中。

第五节　国家税务总局出口退税备案的办理

在青青准备登录大连市电子税务局进行出口退税的备案工作时，赵志刚特别嘱咐青青，税务局的出口货物退免税备案一定不能办理晚了，不然就会影响出口退税申报。

青青一听，这是件大事，需要即刻办理。首先登录国家税务总局大连市电子税务局页面，然后选择"我要办税"中的"出口退税管理"下的"出口退（免）税企业资格信息报告"模块（见图 3-5）。

图 3-5　国家税务总局大连市电子税务局的出口退税管理页面

进入"出口退（免）税备案"模块，点击"在线申报"，点击"采集"，根据模块提示的信息，录入企业相关数据，然后保存数据，点击"申报上传"（见图 3-6、图 3-7）。

图3-6 国家税务总局大连市电子税务局的出口退（免）税备案页面

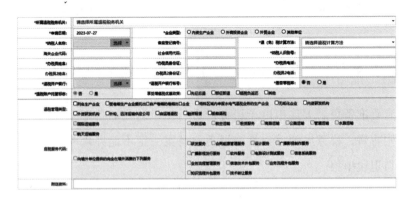

图3-7 企业相关数据录入页面

青青上传电子数据后，又准备了相关纸质资料到税务局柜台做最终审核。

小贴士

出口企业应提前去做一般纳税人认定，没有被认定为一般纳税人的企业，属于"小规模企业"。小规模企业出口的货物适用免税出口政策，不能退税。

第六节 海关电子口岸的办理

办理电子口岸操作员卡的地方就在大连经济技术开发区海关大楼2楼。青青到2楼领取了办理指南。

一、准备材料

1. 企业营业执照副本原件。

2. 经办人身份证原件（我国港澳台地区或国外人员，需提供护照等有效证件复印件）。

3. 加盖企业公章的法人、操作员身份证复印件（我国港澳台地区或国外人员，需提供护照等有效证件复印件）。复印件务必保证清晰、有效。

4.《中国电子口岸企业情况登记表》及《中国电子口岸企业 IC 卡登记表》，需用电脑填写、打印并加盖企业公章。

（1）对于首次入网的企业，免费提供 IC 卡（或 WatchKey），包括法人卡一张、操作员卡（或报关员卡）一张。如仅领取免费卡，则《中国电子口岸企业情况登记表》内不需填写"发票流水号备案"。

（2）如办理更多操作员卡（或报关员卡），则由企业登录网上平台自行购买，《中国电子口岸企业情况登记表》内需填写"发票流水号备案"。

二、办理流程

携带相关材料到受理点办理，现场办结。

三、用卡注意事项

1. 新办卡有效期为 10 年，初始密码为 88888888，正式使用前必须修改密码。

2. 备案及授权申请。企业根据业务情况自行进行企业海关备案授权、企业外汇备案授权、企业商务部备案申请操作。

小贴士

一笔出口业务的退税款要想正常办理下来，需要完成以下步骤：出口会计先凭纸质单证进行正式申报，国家税务总局通过审核系统的电子数据与报送的纸质单证进行比对，只有数据无误的，才能予以退税。电子口岸系统是将海关的出口数据从海关传输到国家税务总局审核系统的桥梁。

第二篇　风波中的努力与成长

初入新公司，魏青青虽然受到了老业务员的刁难，但同时也得到了不少热心同事的帮助。魏青青坚信，在学习的道路上没有"拦路虎"，只要想学，到处都有老师。虽然经历了失恋，但她将主要精力投入学习和工作中，并取得了一些成绩。

第四章 / 外贸会计新手应了解的出口退税申报基本要素

对于刚接触外贸企业出口业务的新手来说，重点是要了解与出口相关的基础知识，否则在工作中就会出现做错了却不自知的情况。

第一节 外贸企业的一般贸易免退税计算和会计分录

办完电子口岸卡，意味着所有的准备工作都已经完成。青青给崔京宇和赵志刚发了电子邮件，报告了具体的工作情况。崔京宇看过邮件后，把青青叫到办公室。

现在正是布罗森急需用人的时候，崔京宇准备将第一笔业务交给青青来做。崔京宇不清楚青青能否胜任这项工作，所以想考考青青，看看青青最近学习到什么程度了。

青青到崔京宇的办公室后，看到崔京宇正在看电脑。

崔京宇微笑着说："我看到你的邮件了，工作做得不错。那么，我们就可以试着真正地做一笔自己的出口业务了。魏会计，你学得怎么样了，觉得自己可以独立操作吗？"

"我看了一遍与业务相关的理论知识，对外贸企业会计的工作有了初步了解。"青青回答道。

"那你说说看，你都了解了哪些相关知识？"

"生产企业退税的计算我还没弄明白，就先不说了。外贸企业的退税流程简单，我就先说说外贸企业。外贸企业退税计算叫作免退税计算，也就是出口货物免税，购进时发生进项税可以退税。比如，本月我们企业购进货物金额是1 000元，发生进项税170元，如果内销的话，则不含税价格是2 000元，销项税是340元，企业利润是1 000元，应纳税额为170元。如果改为出口，则出口价格还是2 000元，销项税不征税。不征税对我们企业是有一定好处的。但是，我们购进的进项税那一部分，根据国家税务总局公告2018年第16号《关于出口退（免）税申报有关问题的公告》规定，出口企业和其他单位购进出口货物劳务取得的增值税专用发票，应按规定办理增值税专用发票的认证手续。进项税额已计算抵扣的增值税专用发票，不得在申报退（免）税时提供。也就是说，购进的进项税不允许抵扣。不抵扣这170元进项税，企业成本不就增加了吗？企业利润不就损失了吗？虽然进项税不能抵扣，但可以退给企业。如果退税率是17%，那么将这170元退给企业，企业的成本就可以降低，这对企业是大有好处的。您看我说得对吗？"

"嗯，看来你这一个月没少学习！我再问问你，退税率是17%的话，可以退170元。如果退税率是13%，剩下的4%你怎么处理？"

"那就退130元，剩下的40元并入成本。所以会计分录是：

借：应收账款 130

　　贷：应交增值税——出口退税 130

借：主营业务成本 40

　　贷：应交增值税——进项税转出 40

"另外，我注意到国家税务总局的文件说进项税不能抵扣。可是，我们拿到进项发票认证后，如果不知道是内销还是外销的话，该如何处理呢？还有，内外销发票都放到一本应交增值税账上的话，如果业务很多，岂不是要乱套了吗？这些我不太清楚。"青青谦虚地请教崔京宇。

崔京宇频频点头说："你能在这么短的时间内弄清楚核算规则并提出相关的问题，非常好。至于你说的放到一本账上混乱的问题，国家税务总局规定了，外贸企业一定要分设两本应交增值税账，一本外销的，一本内销的。当你拿到一张进项发票，但没办法确定是内销还是外销的时候，要放到外销账簿上。如果以后弄清楚了这张发票是内销的，再开具转内销证明，将相应的进项税额填写到增值税表里予以抵扣。"

"原来是这样，受教了。设定这些规则的人都是高人啊！"

"哈哈，"崔京宇笑道，"假以时日，你也能成为高人。对了，你对出口报关单了解吗？你应该不太了解，毕竟普通的会计对财务比较熟悉，而对出口的单证可能不熟。这些你也要了解，能否退税关键要看单证是否合格。以后如果你在这方面有问题，就问一下业务部的同事吧。"

刚回到办公室，业务部就打来电话找青青，向青青确认外贸公司的相关财务手续是否办好了，如果已经办好了，就请青青将电子口岸的读卡器、法人卡和操作员卡给他们。青青问了崔京宇，得到同意后，把相关财务手续给了业务部，又问业务部这票货物什么时候正式出口，他们的答复是下周。青青心中忐忑，不知道下一步申报退税会遇到什么情况，自己先在脑海中将各种可能的状况"演练"了一遍。

第二节 初识出口退税相关凭证——报关单

自 2018 年 8 月 1 日起，全国所有关区全面切换为新报关单，原报关单、报检单合并为一张报关单，通过"单一窗口"（包括通过"互联网＋海关"接入"单一窗口"）完成申报。

新的一周开始了，青青来到业务部询问出口情况。业务部的小李说这票货物上周已经出口了，青青问小李："报关单现在可以给我吗？我需要提前了解一下相关信息。"

小李让她稍等一下，然后打开办公柜，拿出一个设备（见图 4 - 1）。

图4-1　中国电子口岸读卡器

青青看到这个，便问小李："这不是上次我办理海关电子口岸时带回的设备吗？"

小李回答道："对，这个设备用处很大。它不仅可以进行报关委托，还可以用于打印报关单。"

小李一边说，一边把这个设备插到电脑的USB接口上，然后将IC卡插入读卡器，打开浏览器，登录中国电子口岸系统，点击右侧的"中国电子口岸执法系统安全技术服务用户登录"（见图4-2）。

图4-2　中国电子口岸首页

点击之后，出现登录页面（见图4-3），小李输入密码，点击"登录"。

图4-3 中国电子口岸执法系统安全技术服务用户登录页面

进入"出口退税联网核查系统"（见图4-4）。

图4-4 出口退税联网核查系统页面

选择出口日期，查询报关单，然后点击报关单链接（见图4-5）。

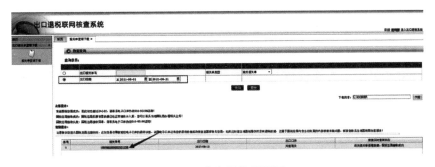

图4-5 查询报关单页面

进入详情页后，点击"退税联打印"（见图4-6）。

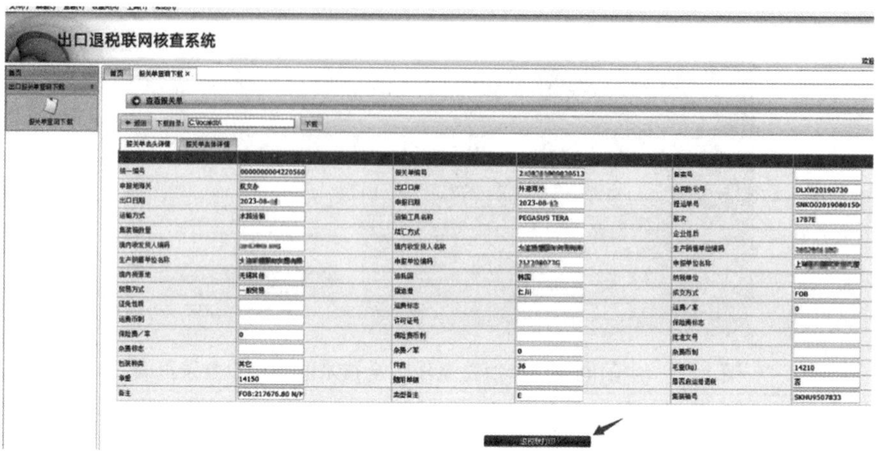

图4-6 报关单详情页

随后，青青拿到了打印好的报关单。小李退出中国电子口岸系统，收好读卡器和IC卡。

小贴士

外贸企业出口货物免退税的申报

根据国家税务总局公告2016年第1号《国家税务总局关于进一步加强出口退（免）税事中事后管理有关问题的公告》、国家税务总局公告2018年第16号《国家税务总局关于出口退（免）税申报有关问题的公告》等相关政策，外贸企业出口货物免退税的申报有以下要求。

（一）申报程序和期限

企业当月出口的货物须在次月的增值税纳税申报期内，向主管税务机关办理增值税纳税申报，将适用退（免）税政策的出口货物销售额填报在《增值税纳税申报表》的"免税货物销售额"栏中。

企业应在货物报关出口之日次月起至次年4月30日前的各增值税纳税申报期内，收齐有关凭证，向主管税务机关办理出口货物增值税、消费税退

（免）税申报。经主管税务机关批准的，企业在增值税纳税申报期以外的其他时间也可办理退（免）税申报。逾期的，企业不得申报退（免）税。

（二）申报资料

1. 《外贸企业出口退税汇总申报表》。

2. 《外贸企业出口退税进货明细申报表》。

3. 《外贸企业出口退税出口明细申报表》。

4. 出口货物退（免）税申报电子数据。

5. 下列原始凭证：

（1）出口货物报关单（保税区内的出口企业可提供中华人民共和国海关保税区出境货物备案清单）。

（2）增值税专用发票（抵扣联）、海关进口增值税专用缴款书。

（3）委托出口的货物，还应提供受托方主管税务机关签发的代理出口货物证明，以及代理出口协议副本（一般贸易自营出口不需要提供）。

（4）属应税消费品的，还应提供消费税专用缴款书或分割单、海关进口消费税专用缴款书。

（5）主管税务机关要求提供的其他资料。

在这些出口退税申报所需的单据中，青青拿到了报关单。报关单中的数据，青青第一次接触，有很多不清楚的地方，比如怎么在月底确认收入？怎么填写增值税报表上的销售额？

带着这些问题，青青又去找赵志刚，将情况如实告诉他。赵志刚自从那次收到青青发送的电子邮件之后，觉得青青是个非常有想法的姑娘，再加上最近工厂的退税业务比较多，赵志刚急于将自己的工作量减少一些，于是他耐心地听青青讲完后说："拿到报关单后，出口金额就有了吧，你就可以进行出口收入确认了。"

"我看了出口方面的书籍，出口收入是按照 FOB 价格来确认的。我对这个不太了解，成交方式有很多，有什么区别和需要注意的吗？"

"当然有。首先，在报关单的成交方式上，一般来说，我们经常用到的 3

种是 FOB、CIF 和 CFR。在 FOB 价格条件下，国外客户应负责租船、订舱和投保运输险，也就是运费和保费的支付与咱们国内出口企业无关。以 CIF 价格成交的，国内出口企业要负责运费和保险事宜；以 CFR 价格成交的，国内出口企业要负责运费事宜。CIF 和 CFR 中的运费、保费，实际上是国内出口企业为国外客户代办海运、托运及保险手续而收取的一笔'暂收款'，是运输公司和保险公司的收入，而非国内出口企业的销售收入。因此，应扣除运费、保费进行计价。也就是说，凡是以 CIF、CFR 报关方式出口的货物，你在确认收入的时候都要减去运费、保费，将它转化成 FOB 价格来确认收入。"

青青说："赵老师，要是报关单的备注里已经标明了 FOB 价格呢，还用再计算吗？"

"就算标明了你也得算一下，人家要是标注错了呢？另外，你也得知道这个金额是怎么来的。"赵志刚心想："青青还是年轻。"

青青连连点头，诚恳地说："好的。赵老师，我什么时候确认收入呢？做内销的时候，我们确认收入最重要的依据是企业已将商品所有权上的主要风险和报酬全部转移给购买方，那外销呢？"

赵志刚笑道："这个说来话长，咱们还要讲讲几种国际贸易成交方式下的风险转移。FOB、CIF、CFR 成交方式下的风险转移是货物在装运港越过船舷之前，卖方必须承担货物丢失或损坏的一切风险。也就是说咱们工厂的货物一旦在大连港被吊车吊起来越过船舷，吊索断了，货物掉到船上、滑到海里了都和咱们没有关系，客户该汇款还是得汇款。当然，这是理论上的。实际上货物如果真掉进海里了，客户也不可能顺利汇款。但在货物没越过船舷之前，货物出了什么问题，肯定是咱们的责任。

"其他的成交方式，比如 CPT、CIP、DAP、DPU、DDP 等都是在不同地点交货，如果按照以上风险转移的情况确认收入，时间上恐怕来不及。要是客户指定在欧洲某个特定港口交货，船运过去最少得 40 天。所以，出口企业统一按照出口报关单上的出口日期确认销售收入的时间点。例如出口日期是 8 月 12 日，你就得在 8 月底确认收入，在 9 月的征期内申报增值税。我稍后给你一张国际贸易术语表（见表 4-1），你可以看看。"

表 4 - 1　国际贸易术语表

名称	交货地点	风险转移	运输负责方	保险负责方	运输方式
EXW（工厂交货）	卖方工厂	交货时	买方	买方	各种运输方式
FCA（货交承运人）	交承运人	交货时	买方	买方	各种运输方式
FAS（装运港船边交货）	装运港船边	交货时	买方	买方	海运及内河
FOB（装运港船上交货）	装运港船上	装运港船舷	买方	买方	海运及内河
CFR（成本加运费）	装运港船上	装运港船舷	卖方	买方	海运及内河
CIF（成本加运费加保险费）	装运港船上	装运港船舷	卖方	卖方	海运及内河
CPT（运费付至）	交承运人	交货时	卖方	买方	各种运输方式
CIP（运费加保险费付至）	交承运人	交货时	卖方	卖方	各种运输方式
DAP（目的地交货）	目的港船上或码头	交货时	卖方	卖方	各种运输方式
DPU（目的地卸货后交货）	目的港集散站	交货时	卖方	卖方	各种运输方式
DDP（完税后交货）	指定目的地	交货时	卖方	卖方	各种运输方式

"好多国际贸易术语啊！我明白一些了，谢谢赵老师。"

青青一口一个"老师"，叫得赵志刚心情特别好，仿佛自己真成了教书育人的老师。他说："你先等一会儿再谢我。确认收入还有非常重要的一点，我考考你，你知道汇率怎么确认吗？"

青青也想趁赵志刚今天心情不错，将一些疑惑的问题解决掉。她赶紧回答：“这个我知道，出口企业出口货物不论以何种外币结算，凡中国人民银行公布有外汇汇率的，均按财务制度规定的汇率折算成人民币金额登记有关账簿。

"出口企业可以采用出口当月第一个工作日或当日的汇率作为记账汇率（一般为中间价）。不过，大多数企业都是按照出口当月第一个工作日的汇率来确认，按照出口当日的汇率确认太麻烦。比如 8 月 12 日出口的货物，月底确认汇率时，按照 8 月 1 日中国人民银行网站上公布的中间价确认就可以了。赵老师，您看这样对吗？"

赵志刚心想："青青果然很聪明，一学就会。"但他不想教她太多，否则教会徒弟饿死师傅，便就此打住说："那就这样。你一会儿去业务部，问他们要张报关单回来看看吧。"

第三节　初识出口退税相关凭证——增值税发票

青青本来还想再问些其他问题，但看到赵志刚忙别的去了，知道今天到此为止了，于是就去业务部要了报关单。从业务部回来的时候，经过崔京宇办公室，青青往里面一瞥，正好看见崔京宇在打电话。崔京宇抬头的时候也正好看到了青青，于是示意青青进来等他一下。

打完电话后，崔京宇便问青青出口的货物名称、日期、金额等内容，然后叮嘱青青："工厂也需要报关单开具发票，你拿到后给工厂财务部一份，工厂财务好按照报关单的商品名称和数量开具增值税发票。"

"关于增值税发票，我对内销业务比较了解，我在网上查询了一下出口企业对于增值税发票的要求，崔总您看我总结得对不对。国家税务总局公告2013 年第 12 号《国家税务总局关于〈出口货物劳务增值税和消费税管理办法〉有关问题的公告》要求，2013 年 5 月 1 日以后报关出口的货物（以出口货物报关单上的出口日期为准），出口企业或其他单位申报出口退（免）税提供的出口货物报关单上的第一计量单位、第二计量单位，以及出口企业申报的计量单位，至少有一个应同与其匹配的增值税专用发票上的计量单位相符，且上述出口货物报关单、增值税专用发票上的商品名称须相符，否则不得申报出口退（免）税。

"意思是报关单上的商品名称是 100% 涤纶女士上衣，取得的增值税发票上的商品名称就是 100% 涤纶女士上衣。报关单上的数量是 1 000 件，那么你提供的增值税发票上的商品总数也应该是 1 000 件。报关单上的第一单位是件，第二单位是千克，那么你提供的发票上的单位也应该是件或者千克。是不是这样，崔总？"

"没错，三个点一定要都相符，这样才能申报。"

"嗯，我明白了，但政策中有一句话我不明白。"

"哪句话？"

"公告中关于发票有这样一句话，'如属同一货物的多种零部件需要合并报关为同一商品名称的，企业应将出口货物报关单、增值税专用发票上不同商品名称的相关性及不同计量单位的折算标准向主管税务机关书面报告，经主管税务机关确认后，可申报退（免）税'，这是什么意思呢？"

"你看政策很仔细！从字面上看，这项政策很难理解，我也是问了税务局的专家才弄明白的。这主要是说有一些大件商品，其体积比较大、价值比较小，比如自行车，如果组装成成品出口的话运输体积比较大，为了降低运输成本，将其拆开存放比较好。所以，可能出口 1 000 辆自行车，收到的发票上写明的是 1 000 个车把、2 000 个脚蹬、2 000 个轮胎。这就需要将不同商品名称、不同计量单位的货物折算标准向主管税务机关做书面报告，经主管税务机关确认后，可以申请退（免）税。但是，这样的业务比较复杂，少做为妙。估计税务局那边也会请相关人员对其产品进行分析，一来二去，周期就比较长了。"

青青频频点头说："您这么一说，我就明白这项政策了。看来我们要弄清楚政策，还需要将其与实践相结合，否则，是怎么都不会明白的。"

崔京宇认同地说："做会计工作需要不断学习、不断实践，才能触类旁通有进步，才能向更高的层次发展。其实做哪一行都是这样的，不能浅尝辄止。"

不知不觉，青青和崔京宇聊了很长时间，她很开心遇到这样一位能教自己许多新知识的领导。有的领导平常滔滔不绝，其实一无所知，虽然往往好为人师，但只能让员工表面臣服；有的领导知识渊博、善于沟通、平易近人，员工往往从心底佩服他。

"多亏崔总的帮助，我现在好像能理解了。有了这些单据之后，还需要在出口退税系统里录入，这个系统我不太了解，有没有系统说明？"

"这你可问倒我了，"崔京宇笑着说道，"出口退税系统平常都是财务部的Grace（格蕾丝）负责，你问问她吧。"

"好的，那我先过去了。"说完青青就要走。

"等一下。差点忘记跟你说了，以后你不用到工厂来了，人民路那边的办公室需要有人坐班。考虑到有时国外客户来，工厂这边比较远，而且环境也不太好，不适合接待，请客户到市内办公室更方便。金社长偶尔也会去那里办公。你以后要经常去税务局办理业务，去那里坐班比较方便。"

青青非常高兴，因为工厂在郊区，离家太远了，她每天早上很早就得往这边赶，十分不便。崔京宇看出青青很高兴，对她说："你和财务部的Grace一起去，要互相监督，按时上下班。你们要保持好公司卫生，有时候社长也会过去接待客户，所以工作的时候不要认为没有人管束就不认真对待，要更加专心。"

青青忙点头称是，说一定会好好工作。

小贴士

1. 国家税务总局公告2013年第30号《国家税务总局关于出口企业申报出口货物退（免）税提供收汇资料有关问题的公告》规定了有些被国家税务总局认定为非正常的外贸企业，在出口申报时还需要提供收汇水单，包括银行到账凭证、银行入账凭证、涉外收入申报单等出口收汇凭证。

（1）银行到账凭证指各外汇指定银行收到货款且尚未转入出口企业结算账户前，向出口企业出具的外币到账凭证。

（2）银行入账凭证是指银行对收到货款进行业务审查确认无误的，将其转入企业人民币或外币结算账户时出具的入账凭证。通常转入人民币结算账户时取得的入账凭证被称为银行结汇水单。

（3）涉外收入申报单是指出口企业按照外汇管理局规定对收到货款进行涉外收入申报后，从外汇指定银行取得的申报单留存联。出口至特殊监管区域的，是境内收入申报单。

2. 对于跨境贸易用人民币结算的，只要求企业提供人民币结算账户后银行出具的入账凭证和涉外收入申报单。

3. 由于企业的出口收汇凭证须作为会计凭证入账，在办理退（免）税申报时，出口企业可以提供出口收汇凭证的复印件。复印件上应盖有"此凭证与原件内容完全相符"的印章及企业财务专用章。

第五章 / 初学出口退税申报系统

如今，会计这个行业的从业人员越来越年轻化。过去，老会计很吃香，因为有丰富的经验。然而，现在很多的税务申报工作需要用到电脑软件，很多老会计对此感到吃力，因此离开了这个行业。年轻会计对电脑软件的操作更加熟悉，在工作中更加如鱼得水。

第一节 出口退税申报系统的种类

尽管来公司有一段时间了，但由于前段时间一直在外面跑手续，青青跟办公室里的很多同事都不熟，Grace 就是其中一个。公司里负责出口退税账务处理以及政策把握的是赵志刚，但是在出口退税申报系统中录入数据需要大量的电脑操作，这项工作由 Grace 负责。Grace 刚毕业不久，青青经常看她拿着一堆单子敲键盘。

青青来到 Grace 跟前，笑着对她说："Grace，现在忙吗？看你天天打字。"

Grace 说："忙啊！我天天都得输入报关单，公司一个月有七八十票订单呢，都得在征期内输入完，简直忙晕了。青青姐有什么事？"

"崔总让我跟你学习一下出口退税申报系统怎么使用。"

"这事崔总跟我说了。我大致给你讲一下吧，要想掌握这个系统还得靠操作。出口退税申报系统分为两个版本，一个是'生产企业出口退税申报系统'，一个是'外贸企业出口退税申报系统'。咱们公司是生产企业，我也只用过生产企业的系统，外贸企业的系统我没有用过，以后咱俩可以一起研究。另外，开发这个系统的公司就在大连，我有个朋友在他们公司，有时间让他来教咱们。"

青青说："那真是太好了！这个系统在哪里下载？"

"大连市税务局网站上有。"

"需要像财务软件那样花钱购买吗？"

"不需要，这个是免费下载的。"

"那我先下载了解一下。崔总还说，以后咱俩就在市内办公室上班了。"

"真的？他还没告诉我呢。要是那样的话就太好了！我以后每天就不用起那么早了，可以多睡一会儿。"Grace 高兴地说。

对于公司安排 Grace 到市内和青青一起工作，赵志刚反对过。赵志刚不愿意像 Grace 这样一个对自己言听计从的帮手离开，但崔京宇说市内办公室的人手不足，不仅财务部的 Grace，还有业务部和相关部门的人员也会被调到市内，这也是社长的要求。

第二节　外贸企业出口退税申报系统的下载与安装

青青很早便来到位于中山广场友谊商城的市内办公室。她打开窗户让新鲜的空气进来，然后开始打扫办公室。

Grace 比青青稍微晚到一些。她把一箱资料放在桌子上，然后对青青说："我昨天打电话问了我朋友，我朋友说外贸企业的发票必须认证之后，才能输入退税系统。等工厂那边给你开过来发票，认证完了，咱俩再录入吧。"

"行，我今天打电话催他们。我先安装软件。不收钱，对吧？"

"免费。你从大连市税务局网站下载吧，那里有安装说明。"

"我看到了，是不是这个'外贸企业出口退税申报系统'？"

Grace 对青青说："对，就是这个软件。安装这个软件比较麻烦，你得先安装 Framework 4.0 64 位以上版本，否则就会出现安装错误的提示。不过以后进行升级的话，就不用再次安装 Framework 4.0 了。你先试试吧，你可以看看网站上的安装说明。"

青青下载好软件后，按照说明的步骤一步一步安装起来。

第一步，下载"外贸企业出口退税申报系统"安装文件。

第二步，双击文件后，程序运行时会提示安装程序所需组件（已安装过该组件将不会有提示，即没有图 5 - 1 至图 5 - 3 的步骤），单击"安装"，如图 5 - 1 所示。

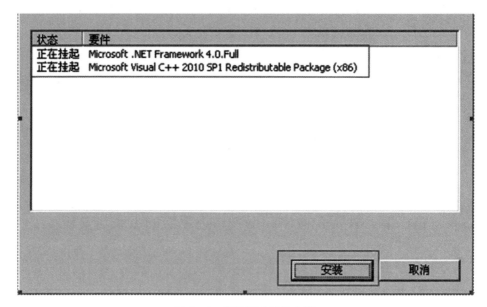

图 5 - 1　提示需安装的组件

第三步，下载 Framework 4.0 组件，单击提示框中的"是（Y）"，如图 5 - 2 所示。如果系统中已安装好组件，则不会提示下载组件，可直接跳到第五步。

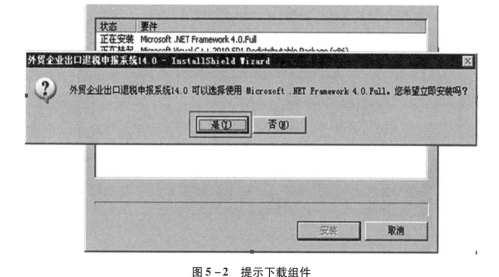

图 5 - 2　提示下载组件

第四步，系统提示正在下载必要组件，如图 5 - 3 所示。

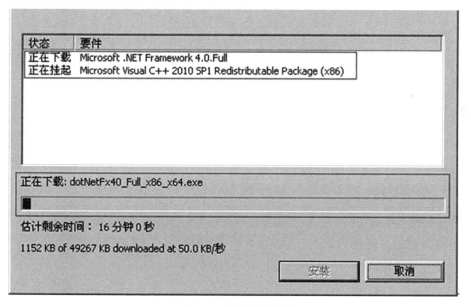

图 5 - 3　正在下载组件

下载成功后会自动安装，如图 5 - 4 所示。

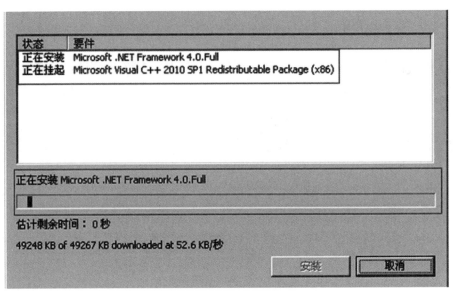

图 5 – 4 自动安装组件

第一个组件下载完毕后，会自动下载下一个组件，如图 5 – 5 所示。

图 5 – 5 下载另一个组件

第五步，组件安装完成后，开始安装外贸企业出口退税申报系统，单击"下一步（N）"，如图 5 – 6 所示。

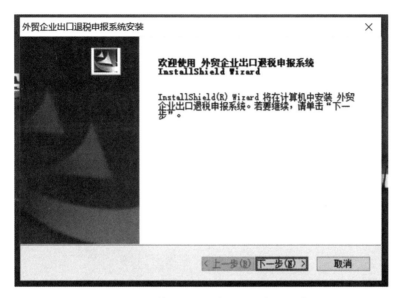

图 5 - 6 安装外贸企业出口退税申报系统

第六步，单击"是（Y）"，接受许可证协议，如图 5 - 7 所示。

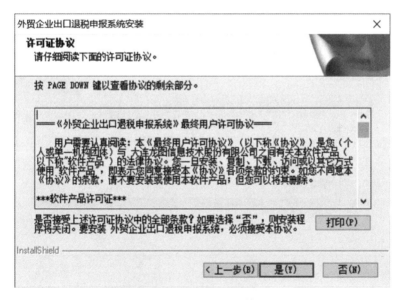

图 5 - 7 接受许可证协议

第七步，单击"浏览"，选择文件安装路径，如图 5 - 8 所示。建议将安装路径修改成其他盘符，如 D、E、F，改好后单击"确定"。

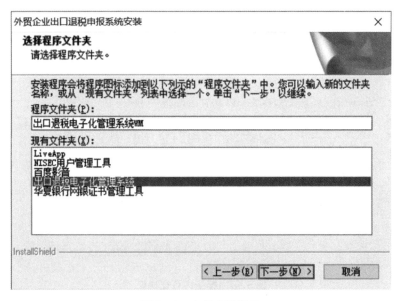

图5-8　选择文件安装路径

第八步，出现申报系统安装提示后，单击"下一步（N）"，如图5-9所示。

图5-9　文件安装提示

第九步，继续单击"下一步（N）"，如图5-10所示。

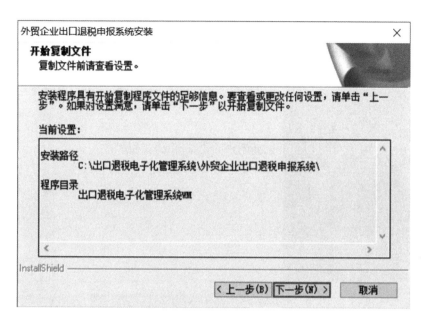

图 5 - 10　复制文件提示

第十步，等待系统安装完成，如图 5 - 11 所示。

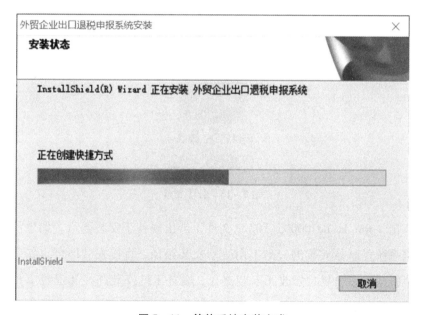

图 5 - 11　等待系统安装完成

第十一步，单击"完成"，系统安装完毕，如图 5 - 12 所示。

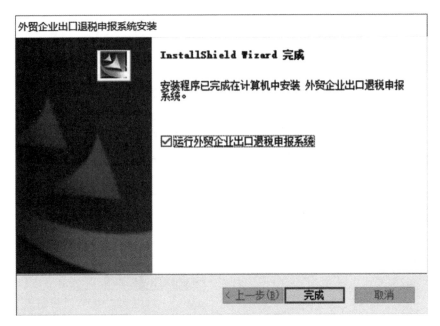

图 5 – 12　系统安装完毕提示

　　如果遇到系统升级，可以下载补丁文件到硬盘，然后升级补丁文件，如图 5 – 13 所示。

图 5 – 13　补丁文件

　　双击"wm_Ix_bd_00005_L02"文件，会出现补丁安装提示。如果前期退税申报系统是默认安装的，则不用改动安装路径，直接安装即可；如果前期退税申报系统在安装时修改了安装路径，则补丁的安装路径和退税申报系统的安装路径务必一致，如图 5 – 14 所示。

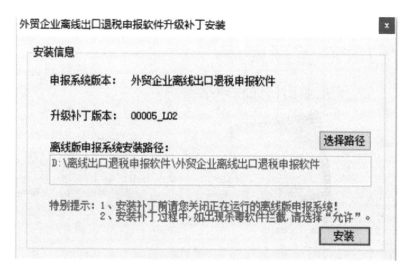

图 5 – 14 补丁安装路径选择

最后点击"确定",补丁就安装完成了,如图 5 – 15 所示。

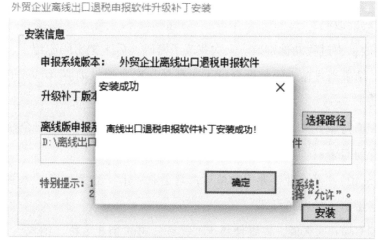

图 5 – 15 补丁安装成功提示

第三节 外贸企业出口退税申报系统的进入与配置

为了测试系统是否可以使用,青青双击进入外贸企业出口退税申报系统,出现的页面如图 5 – 16 所示。

图 5 - 16　外贸企业出口退税申报系统登录页面

"Grace，用户名和密码是什么？"青青问道。

"用户名是 sa，没有密码。"

"密码能改吗？"

"能改，不过我劝你别改。上次我改了密码，后来把密码忘记了，还得重新安装，结果当月输入的数据全没了，真是一次血的教训。"Grace 俏皮地伸了伸舌头。

青青填写了用户名"sa"之后，点击"确认"，出现了登记企业信息模块，青青问 Grace："企业信息需要手动填写吗？"

Grace 说："新企业需要手动填写，老企业点击'企业信息导入'键，将以前的备份信息导入即可。"

听到 Grace 这么说，青青便将 FH 贸易公司的企业名称、纳税人识别号、海关企业代码一一填写进去，然后问："填写错了怎么办？还能更改吗？"

"不能。你必须删除系统后重新安装，然后重新录入企业信息，所以你一定要准确填写。"

青青立即仔细检查了企业信息，还好没有录入错误，然后小心翼翼地点击了"确认"（见图 5 - 17）。

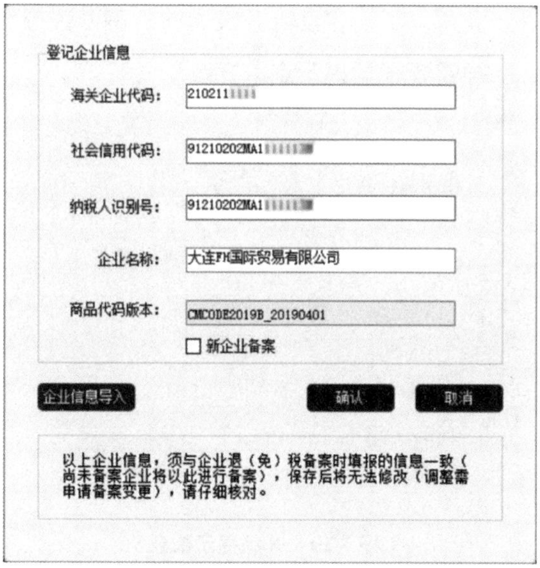

图 5 – 17 登记企业信息页面

点击"确认"之后，出现了一个确认当前所属期的页面。青青选择了"202308"的所属期，进入主系统页面，如图 5 – 18 所示。

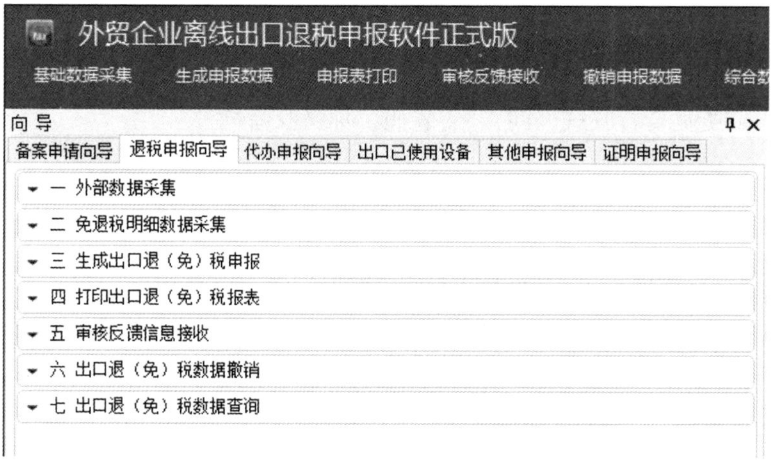

图 5 – 18 外贸企业离线出口退税申报软件正式版首页

青青对 Grace 说："这样是不是系统就可以用了？"

Grace 看了看，点头说："可以了。不过每年 2 月你要看一下右下角的升级提示信息（见图 5 – 19）。每年 2 月，税务局会根据海关的商品代码对系统进行升级，点击升级就可以了。在没有升级之前，不要进行数据录入。另外，如果系统有补丁，一样需要根据提示点击升级。"

图 5 – 19　升级提示信息

青青问 Grace："商品代码升级和系统补丁升级频繁吗？"

Grace 说："不是太频繁，商品代码一年更新两次左右，系统补丁就要看政策是否有更新。出口退税政策有更新，退税申报系统就要有相应的补丁升级。"

青青叹了一口气。

Grace 听见青青叹气，问："青青姐，你又叹啥气？"

青青皱着眉头说："安装就这么麻烦，那录入申报得多麻烦啊！"

Grace 说："我听说外贸企业的退税申报系统操作挺简单的。你都不知道以前生产企业的退税申报系统操作有多麻烦！版本没升级的时候，一会儿提示收齐单证，一会儿提示冲减，一会儿提示信息不齐……我刚接触的时候你都不知道有多难！我来公司之前负责申报的会计因为和赵志刚不合，所以没交接清楚就走了。赵志刚虽然理论知识还行，但一涉及退税申报系统的具体操作，他就说不清楚。我之前没接触过这个系统，当时也是赶鸭子上架，多亏有朋友教我。不过我也算是天资聪颖，总算是学会了。"

青青笑了。原来赵志刚对这个系统也不熟悉，难怪前段时间问他，他总是说得模棱两可。

青青希望自己能尽快熟悉这个退税申报系统。看到 Grace，青青对自己又充满了信心。Grace 性格开朗直率，很好相处。凡是她会的，都会教给青青；她不会的，两个人可以一起研究。Grace 的好朋友对这方面的业务很熟悉，实在不行可以找他帮忙。青青觉得自己的学习能力不错，再加上 Grace 的帮助，一定会飞速进步的。

小贴士

除了离线版退税申报系统，还有在线版退税申报系统。在线版的商品代码升级和系统补丁升级都是在税务局的后台进行，所以使用时不用像离线版那样需要注意升级。

关于退税申报流程，离线版和在线版是完全一致的。为什么本书中讲解的是离线版呢？因为对于所有读者来说，无论是否从事出口企业工作、有没有进行出口退税备案，都可以下载安装离线版，而在线版必须是经过出口退免税备案的企业才可以进行操作。在线版退税申报系统在电子税务局里如图 5-20 所示。

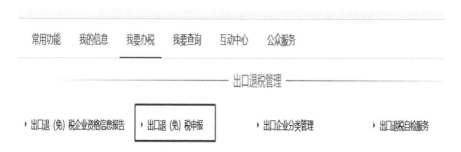

图 5-20　在线版出口退税申报系统

第六章 / 首次做外贸企业一般贸易的退税申报

退税申报包括增值税申报和退税系统申报。增值税申报的主要工作是收入和进项票填写，退税系统申报的主要工作是相关单证和电子信息的比对。退税什么时候审批下来，取决于电子信息到达的时间。

第一节　外贸企业一般贸易的会计分录与增值税申报

在新办公室工作了一段时间，工厂那边将发票送了过来。青青仔细查看了国家税务总局公告 2013 年第 12 号《国家税务总局关于〈出口货物劳务增值税和消费税管理办法〉有关问题的公告》，文件规定："2013 年 5 月 1 日以后报关出口的货物（以出口货物报关单上的出口日期为准），除下款规定以外，出口企业或其他单位申报出口退（免）税提供的出口货物报关单上的第一计量单位、第二计量单位，以及出口企业申报的计量单位，至少有一个应同与其匹配的增值税专用发票上的计量单位相符，且上述出口货物报关单、增值税专用发票上的商品名称须相符，否则不得申报出口退（免）税。"也就是说，报关单的计量单位、商品名称一定要和增值税发票上的相符。

青青拿出报关单和增值税发票比对。

报关单显示：

1. 商品名称：女士西服套装。

2. 计量单位：641 套，866 千克。

3. 规格型号：梭织；上衣、裙子；女式；78 棉 20 涤 2 氨纶。

增值税发票显示：

1. 商品名称：女士西服。

2. 计量单位：641 套。

3. 规格型号：梭织；上衣、裙子；女式；78 棉 20 涤 2 氨纶。

青青对比后发现规格型号相符、数量相符、计量单位相符，但是增值税发票的商品名称少了"套装"两个字。青青立刻打电话给工厂的赵志刚，问道："赵老师，我今天收到工厂开具的增值税发票。商品名称是女式西服，比报关单上的出口商品名称少了'套装'两个字。您看能不能拿回去，给我重新开一份？"

赵志刚在电话里无所谓地说："女式西服和女式西服套装一样，没有大问题。再说，这都月底结账了，你先这样申报吧。"

青青想："如果税务局通不过，再退发票就更麻烦了。到时候赵志刚再拖延时间，退税款就不知道什么时候才能办下来。"青青便坚定地说："赵老师，我刚才打电话询问过税务局负责退税的专员，这个名称确实不行。"

"那你周一来工厂换发票吧。"

青青说："下周一就 9 月 1 日了，换回来的发票要到 9 月认证。我现在打车去工厂把发票换了，下午还有时间认证发票，这样下个月就可以申报退税了。"

"你愿意来就来吧，我让开发票的小秦等你。"

青青放下电话，听到 Grace 脱口而出："我看赵志刚就是不怀好意，他对政策的熟悉程度不比你强？出现这种事，摆明就是不想配合你。"Grace 和赵志刚接触时间比较长，平日没少受赵志刚的刁难，心中自然有些怨气。而且，她知道赵志刚工作比较细心，不太可能出现这样的问题。

青青到公司的时间虽然短，但是在和赵志刚的接触中，也感觉到赵志刚经常人前一套、背后一套。此次虽是小事，但也足以给青青敲响警钟：有关申报退税的事情自己应该留神。

青青打车到工厂，拿到重新开好的发票，比对了一下没有什么问题。回到市内办公室已经 16 点 50 分，马上要下班了，但是为了及时认证发票，青青还是坐到办公桌前，打开电脑登录增值税发票选择确认平台（大连）（见图 6-1）。

图 6-1　增值税发票选择确认平台（大连）登录页面

青青插入税控盘，输入密码，登录平台，首先选择"退税批量勾选"，其次点击"查询"，最后选择"全部勾选"（见图 6-2）。

图 6-2　退税批量勾选页面

勾选完成后，点击"退税确认勾选"，再点击"查询"，最后点击"确认"完成认证（见图 6-3）。

图 6-3 退税确认勾选页面

最后，在出现的退税发票确认汇总页面，点击"提交"（见图 6-4）。

确认勾选 当前状态：待提交 （请您核对本次待确认发票，若无问题，请"提交"。若有问题，请重新勾选）

退税发票确认汇总

确认时间：

尊敬的 ，税号为 。

本次为所属期2023年08月 第1次发票勾选确认。共勾选4张发票，其中：
(1) 有效勾选发票4 张
(2) 勾选不可抵扣发票0 张。

本次有效勾选统计如下：

	数量 (份)	金额 (元)	税额 (元)
增值税专用发票	4	251,783.97	32,731.91

截止本次勾选确认，共确认1次，累计勾选4张发票，其中：
(1) 有效勾选发票4 张
(2) 勾选不可抵扣发票0 张。

累计有效勾选统计如下：

	数量 (份)	金额 (元)	税额 (元)
增值税专用发票	4	251,783.97	32,731.91

打印日期：

注：
已勾选发票，在执行确认操作前发票状态变为"异常"（作废、红冲、失控、异常）时，确认提交后，不能做为有效退税依据参与退税。

图 6-4 退税发票确认汇总页面

忙完这一切，青青长出一口气，终于赶在最后一天完成了增值税退税工作。

还好青青及时做完了发票认证。周一，青青刚到公司，就接到崔京宇的电话："魏会计，上个月的发票都认证了吗？"

"认证完了，崔总，我一会儿就把上个月的账给结了。"

"好的。这是外贸公司的第一笔出口业务，一定要仔细申报。有什么问题随时打电话给我。"崔京宇叮嘱道。

"嗯，我一定把这项工作做好。"青青说。

青青坐在办公室里，拿起报关单，准备第一个凭证，根据报关单的 FOB 总金额确认收入，汇率选择 8 月 1 日中国人民银行公布的中间价格：

借：应收账款——客户 STMCo. LTD　　4 926.75×6.80　33 501.90

　　贷：主营业务收入—— 一般贸易　　　　　　　　　　　33 501.90

青青将凭证粘贴在报关单后面。然后拿起增值税发票，准备第二个凭证，根据增值税发票的购进商品确认库存：

借：库存商品——出口商品　　　　　　　　　　15 640.00

　　应交税金——应交增值税（进项税额）　　　　 2 033.20

　　贷：应付账款——大连某服装厂　　　　　　　　　　17 673.20

最后，结转本月的成本：

借：主营业务成本—— 一般贸易　　　　　　　　15 640.00

　　贷：库存商品——出口商品　　　　　　　　　　　　15 640.00

剩下的凭证就是公司的费用了，比如工资等。这些业务都是青青以前做过的，很快便完成了。

青青合计着，现在还没有正式申报退税。如果下个月单证和信息都齐了，就可以在下个月月末进行财务处理的时候，增加一个关于出口退税的会计分录：

借：应收账款——国税退税款　　　　　　　　　 2 033.20

　　贷：应缴增值税——出口退税　　　　　　　　　　　 2 033.20

收到退税款后，就可以做最后一个退税会计分录了：

借：银行存款　　　　　　　　　　　　　　　　 2 033.20

　　贷：应收账款——国税退税　　　　　　　　　　　　 2 033.20

青青希望时间过得快一点，这样就可以快些拿到退税款。

想归想，工作还是要脚踏实地地干。凭证录入完了，下一步就是填写增值税纳税申报表了。打开增值税纳税申报表附表二，青青愣住了。通常，内销的话，采购的发票是如表6-1这样填写的。

表6-1　增值税纳税申报表（本期进项税额明细）项目内容

一、申报抵扣的进项税额				
项　目	栏次	份数	金额	税额
（一）认证相符的增值税专用发票	1＝2＋3	1	15 640	2 033.2
其中：本期认证相符且本期申报抵扣	2	0	0	0
前期认证相符且本期申报抵扣	3	0	0	0
（二）其他扣税凭证	4＝5＋6＋7＋8a＋8b	0	0	0
其中：海关进口增值税专用缴款书	5	0	0	0
农产品收购发票或者销售发票	6	0	0	0
代扣代缴税收缴款凭证	7	0	—	0
加计扣除农产品进项税额	8a	—	—	0
其他	8b	0	0	0
（三）本期用于购建不动产的扣税凭证	9	0	0	0
（四）本期用于抵扣的旅客运输服务扣税凭证	10	0	0	0
（五）外贸企业进项税额抵扣证明	11	—	—	0
当期申报抵扣进项税额合计	12＝1＋4＋11	0	0	0
二、进项税额转出额				
项　目	栏次		税额	
本期进项税额转出额	13＝14至23之和		0	
其中：免税项目用	14		0	
集体福利、个人消费	15		0	
非正常损失	16		0	
简易计税方法征税项目用	17		0	
免抵退税办法不得抵扣的进项税额	18		0	
纳税检查调减进项税额	19		0	
红字专用发票信息表注明的进项税额	20		0	

表 6 - 1 续

二、进项税额转出额			
项　目	栏次	税额	
上期留抵税额抵减欠税	21	0	
上期留抵税额退税	22	0	
其他应作进项税额转出的情形	23	0	
三、待抵扣进项税额			
项　目	栏次	份数	金额	税额

项　目	栏次	份数	金额	税额
（一）认证相符的增值税专用发票	24	—	—	—
期初已认证相符但未申报抵扣	25	0	0	0
本期认证相符且本期未申报抵扣	26	0	0	0
期末已认证相符但未申报抵扣	27	0	0	0
其中：按照税法规定不允许抵扣	28	0	0	0
（二）其他扣税凭证	29 = 30 至 33 之和	0	0	0
其中：海关进口增值税专用缴款书	30	0	0	0
农产品收购发票或者销售发票	31	0	0	0
代扣代缴税收缴款凭证	32	0	—	0
其他	33	0	0	0
	34	0	0	0
四、其他				
项　目	栏次	份数	金额	税额
本期认证相符的增值税专用发票	35	0	0	0
代扣代缴税额	36	—	—	0

　　如果这么填写的话，不就把进项税抵扣了吗？如果抵扣了，这张发票就不能申请退（免）税了。国家税务总局规定，进项税额已计算抵扣的增值税专用发票，不得在申报退（免）税时提供。

　　到底应该如何填写呢？青青查找资料，找到了辽宁省国家税务局公告2011 年第 8 号《辽宁省国家税务局关于外贸企业增值税纳税申报及财务核算有关问题的公告》，公告规定外贸企业出口销售额应填入"主表"的第 9 栏"免税货物销售额"中；外贸企业用于出口而采购货物取得的防伪税控增值税专用发票，其进项税额不允许抵扣，纳税申报时按规定填入"附表二"的第 26 栏、27 栏中，相应数据不得填入"主表"的第 12 栏及"附表二"的第二项"进项税额转出额"的各栏中。

除了地方的政策外，国家税务总局有没有出台相关政策呢？青青想了想，又继续查找相关政策。国家税务总局公告 2019 年第 15 号《国家税务总局关于调整增值税纳税申报有关事项的公告》附件 2《〈增值税纳税申报表（一般纳税人适用）〉及其附列资料填写说明》规定："第 28 栏'其中：按照税法规定不允许抵扣'：反映截至本期期末已认证相符但未申报抵扣的增值税专用发票中，按照税法规定不允许抵扣的增值税专用发票情况。纳税人本期期末已认证相符待抵扣的通行费电子发票应当填写在第 24 至 28 栏对应栏次中。"

看到这儿，青青心里有底了。于是，她将这张用于外销而购进货物的增值税发票的金额填写到待抵扣的项目里，并将这一发票的金额和税额从增值税纳税申报表（附表二）的第一栏中减掉（见表 6 - 2）。

表 6 - 2 修改后的增值税纳税申报表（附表二）项目内容

一、申报抵扣的进项税额				
项　目	栏次	份数	金额	税额
（一）认证相符的增值税专用发票	1 = 2 + 3	0	0	0
其中：本期认证相符且本期申报抵扣	2	0	0	0
前期认证相符且本期申报抵扣	3	0	0	0
（二）其他扣税凭证	4 = 5 + 6 + 7 + 8a + 8b	0	0	0
其中：海关进口增值税专用缴款书	5	0	0	0
农产品收购发票或者销售发票	6	0	0	0
代扣代缴税收缴款凭证	7	0	—	0

表 6 - 2 续 1

一、申报抵扣的进项税额				
项　目	栏次	份数	金额	税额
加计扣除农产品进项税额	8a	—	—	0
其他	8b	0	0	0
（三）本期用于购建不动产的扣税凭证	9	0	0	0
（四）本期用于抵扣的旅客运输服务扣税凭证	10	0	0	0
（五）外贸企业进项税额抵扣证明	11	—	—	0
当期申报抵扣进项税额合计	12 = 1 + 4 + 11	0	0	0

二、进项税额转出额		
项　目	栏次	税额
本期进项税额转出额	13 = 14 至 23 之和	0
其中：免税项目用	14	0
集体福利、个人消费	15	0
非正常损失	16	0
简易计税方法征税项目用	17	0
免抵退税办法不得抵扣的进项税额	18	0
纳税检查调减进项税额	19	0
红字专用发票信息表注明的进项税额	20	0
上期留抵税额抵减欠税	21	0
上期留抵税额退税	22	0
其他应作进项税额转出的情形	23	0

三、待抵扣进项税额				
项　目	栏次	份数	金额	税额
（一）认证相符的增值税专用发票	24	—	—	—
期初已认证相符但未申报抵扣	25	0	0	0
本期认证相符且本期未申报抵扣	26	1	15 640	2 033.2
期末已认证相符但未申报抵扣	27	1	15 640	2 033.2
其中：按照税法规定不允许抵扣	28	0	0	0
（二）其他扣税凭证	29 = 30 至 33 之和	0	0	0
其中：海关进口增值税专用缴款书	30	0	0	0
农产品收购发票或者销售发票	31	0	0	0

表 6 - 2 续 2

三、待抵扣进项税额				
项　目	栏次	份数	金额	税额
代扣代缴税收缴款凭证	32	0	—	0
其他	33	0	0	0
	34	0	0	0
四、其他				
项　目	栏次	份数	金额	税额
本期认证相符的增值税专用发票	35	1	15 640	2 033.2
代扣代缴税额	36	—		0

再将出口的收入填写到"增值税纳税申报表（主表）"（见表 6 - 3）和"增值税纳税申报表（附表一）"（见表 6 - 4）的免税货物里，完成本月的正式增值税申报。

表 6 - 3　增值税纳税申报表（主表）项目内容

项　目		栏次	一般项目		即征即退项目	
			本月数	本年累计	本月数	本年累计
销售额	（一）按适用税率计税销售额	1			0	0
	其中：应税货物销售额	2	0	0	0	0
	应税劳务销售额	3	0	0	0	0
	纳税检查调整的销售额	4	0	0	0	0
	（二）按简易办法计税销售额	5	0	0	0	0
	其中：纳税检查调整的销售额	6	0	0	0	0
	（三）免、抵、退办法出口销售额	7	0	0	—	—
	（四）免税销售额	8	33 501.9	33 501.9	—	—
	其中：免税货物销售额	9	33 501.9	33 501.9	—	—
	免税劳务销售额	10	0	0	—	—
税款计算	销项税额	11			0	0
	进项税额	12			0	0
	上期留抵税额	13			0	
	进项税额转出	14	0	0	0	0
	免、抵、退应退税额	15	0	0	—	

表 6 – 3 续

项　目		栏次	一般项目		即征即退项目	
			本月数	本年累计	本月数	本年累计
税款计算	按适用税率计算的纳税检查应补缴税额	16	0	0	—	—
	应抵扣税额合计	17 = 12 + 13 – 14 – 15 + 16	—		0	0
	实际抵扣税额	18（如 17 < 11，则为 17，否则为 11）	0	0	0	0
	应纳税额	19 = 11 – 18		0	0	0
	期末留抵税额	20 = 17 – 18		0	0	—
	简易计税办法计算的应纳税额	21	0	0	0	0
	按简易计税办法计算的纳税检查应补缴税额	22	0	0	—	—
	应纳税额减征额	23	0	0	0	0
	应纳税额合计	24 = 19 + 21 – 23	0	0	0	0
税款缴纳	期初未缴税额（多缴为负数）	25	0	0	0	0
	实收出口开具专用缴款书退税额	26	0	0	—	—
	本期已缴税额	27 = 28 + 29 + 30 + 31	0	0	0	0
	①分次预缴税额	28	0	—	—	—
	②出口开具专用缴款书预缴税额	29	0	—	—	—
	③本期缴纳上期应纳税额	30	0	0	0	0
	④本期缴纳欠缴税额	31	0	0	0	0
	期末未缴税额（多缴为负数）	32 = 24 + 25 + 26 – 27	0	0	0	0
	其中：欠缴税额（≥0）	33 = 25 + 26 – 27	0	—	0	—
	本期应补（退）税额	34 = 24 – 28 – 29	0	—	0	—
	即征即退实际退税额	35	—	—	0	0
	期初未缴查补税额	36	0	0	—	—
	本期入库查补税额	37	0	0	—	—
	期末未缴查补税额	38 = 16 + 22 + 36 – 37	0	0	—	—

表 6-4 增值税纳税申报表（附表一）项目内容

项目及栏次			开具增值税专用发票		开具其他发票		未开具发票		纳税检查调整		合计			服务、不动产和无形资产扣除项目本期实际扣除金额	扣除后	
			销售额	销项（应纳）税额	销售额	销项（应纳）税额	销售额	销项（应纳）税额	销售额	销项（应纳）税额	销售额	销项（应纳）税额	价税合计		含税（免税）销售额	销项（应纳）税额
			1	2	3	4	5	6	7	8	$9=1+3+5+7$	$10=2+4+6+8$	$11=9+10$	12	$13=11-12$	$14=13\div(100\%+$税率或征收率$)\times$税率或征收率
一、一般计税方法计税	全部征税项目	13%税率的货物及加工修理修配劳务　1	0.00	0.00	0.00	0.00	0.00	0.00	0.00	0.00	0.00	0.00	—	—	—	—
		13%税率的服务、不动产和无形资产　2	0.00	0.00	0.00	0.00	0.00	0.00	0.00	0.00	0.00	0.00	0.00	0.00	0.00	0.00
		9%税率的货物及加工修理修配劳务　3	0.00	0.00	0.00	0.00	0.00	0.00	0.00	0.00	0.00	0.00	—	—	—	—

项目及栏次		栏次	开具增值税专用发票 销售额 1	开具增值税专用发票 销项(应纳)税额 2	开具其他发票 销售额 3	开具其他发票 销项(应纳)税额 4	未开具发票 销售额 5	未开具发票 销项(应纳)税额 6	纳税检查调整 销售额 7	纳税检查调整 销项(应纳)税额 8	合计 销售额 9=1+3+5+7	合计 销项(应纳)税额 10=2+4+6+8	合计 价税合计 11=9+10	服务、不动产和无形资产扣除项目本期实际扣除金额 12	扣除后 含税(免税)销售额 13=11-12	扣除后 销项(应纳)税额 14=13÷(100%+税率或征收率)×税率或征收率
一、一般计税方法计税	全部征税项目	9%税率的服务、不动产和无形资产	4	0.00	0.00	0.00	0.00	0.00	0.00	0.00	0.00	0.00	0.00	0.00	0.00	0.00	0.00
		6%税率	5	0.00	0.00	0.00	0.00	0.00	0.00	0.00	0.00	0.00	0.00	0.00	0.00	0.00	0.00
	其中：即征即退项目	即征即退货物及加工修理修配劳务	6	—	—	—	—	—	—	—	—	0.00	0.00	—	—	—	—
		即征即退服务、不动产和无形资产	7	—	—	—	—	—	—	—	—	0.00	0.00	0.00	0.00	0.00	0.00

表6-4 续2

项目及栏次	开具增值税专用发票 销售额	销项(应纳)税额	开具其他发票 销售额	销项(应纳)税额	未开具发票 销售额	销项(应纳)税额	纳税检查调整 销售额	销项(应纳)税额	合计 销售额	销项(应纳)税额	价税合计	服务、不动产和无形资产扣除项目本期实际扣除金额	扣除后 含税(免税)销售额	销项(应纳)税额
	1	2	3	4	5	6	7	8	9=1+3+5+7	10=2+4+6+8	11=9+10	12	13=11-12	14=13÷(100%+税率或征收率)×税率或征收率
二、简易计税方法 全部征税项目 6%征收率 8	0.00	0.00	0.00	0.00	0.00	0.00	—	—	0.00	0.00	—	—	—	—
5%征收率的货物及加工修理修配劳务 9a	0.00	0.00	0.00	0.00	0.00	0.00	—	—	0.00	0.00	—	—	—	—
5%征收率的服务、不动产和无形资产 9b	0.00	0.00	0.00	0.00	0.00	0.00	—	—	0.00	0.00	0.00	0.00	0.00	0.00
4%征收率 10	0.00	0.00	0.00	0.00	0.00	0.00	—	—	0.00	0.00	—	—	—	—
3%征收率的货物及加工修理修配劳务 11	0.00	0.00	0.00	0.00	0.00	0.00	—	—	0.00	0.00	—	—	—	—

表6-4续3

项目及栏次			开具增值税专用发票		开具其他发票		未开具发票		纳税检查调整		合计			服务、不动产和无形资产扣除项目本期实际扣除金额	扣除后	
			销售额	销项(应纳)税额	销售额	销项(应纳)税额	销售额	销项(应纳)税额	销售额	销项(应纳)税额	销售额	销项(应纳)税额	价税合计		含税(免税)销售额	销项(应纳)税额
			1	2	3	4	5	6	7	8	$9=1+3+5+7$	$10=2+4+6+8$	$11=9+10$	12	$13=11-12$	$14=13÷(100\%+$税率或征收率$)×$税率或征收率
二、简易计税方法	全部征税项目	3%征收率的服务、不动产和无形资产 12	0.00	0.00	0.00	0.00	0.00	0.00	—	—	0.00	0.00	0.00	0.00	0.00	0.00
		预征率 % 13a	0.00	0.00	0.00	0.00	0.00	0.00	—	—	0.00	0.00	0.00	0.00	0.00	0.00
		预征率 % 13b	0.00	0.00	0.00	0.00	0.00	0.00	—	—	0.00	0.00	0.00	0.00	0.00	0.00
		预征率 % 13c	0.00	0.00	0.00	0.00	0.00	0.00	—	—	0.00	0.00	0.00	0.00	0.00	0.00
	其中：即征即退项目	即征即退货物及加工修理修配劳务 14	—	—	—	—	0.00	0.00	—	—	—	—	—	—	—	—

表6-4 续4

项目及栏次		开具增值税专用发票 销售额	销项(应纳)税额	开具其他发票 销售额	销项(应纳)税额	未开具发票 销售额	销项(应纳)税额	纳税检查调整 销售额	销项(应纳)税额	合计 销售额	销项(应纳)税额	价税合计	服务、不动产和无形资产扣除项目本期实际扣除金额	扣除后 含税(免税)销售额	销项(应纳)税额
		1	2	3	4	5	6	7	8	9=1+3+5+7	10=2+4+6+8	11=9+10	12	13=11-12	14=13÷(100%+税率或征收率)×税率或征收率
二、简易计税方法	其中:即征即退 服务、不动产和无形资产项目 15	—	0.00	0.00	—	0.00	—	—	—	0.00	0.00	0.00	0.00	0.00	0.00
三、免抵退税	货物及加工修理修配劳务 16	—	—	0.00	—	0.00	—	—	—	0.00	—	—	—	—	—
	服务、不动产和无形资产 17	—	—	0.00	—	0.00	—	—	—	0.00	—	0.00	0.00	0.00	—
四、免税	货物及加工修理修配劳务 18	0.00	—	0.00	—	33 501.90	—	—	—	33 501.90	—	—	—	—	—
	服务、不动产和无形资产 19	—	—	0.00	—	0.00	—	—	—	0.00	—	0.00	0.00	0.00	—

第二节　外贸企业一般贸易的出口退税申报系统操作
——参数的配置

几天后，Grace 的朋友过来了。小伙子姓高，长得也高。他和 Grace 是大学同学，青青笑着对小高说："我今天是'老革命遇到新问题'。平常的会计业务是制作会计分录和报税之类的，而出口企业会计还要用到退税申报系统。我心里一点儿着落也没有，你可要帮帮我！"

"不用客气，青青姐。Grace 跟我说你和她关系非常好，有什么问题你尽管问吧，只要能帮上你就好。"

青青笑着说："那我就不客气了。我先问你一个问题，外贸企业进入系统的所属期该怎么填写呢？"

"外贸企业的所属期注意两点就可以了。"小高接着举例说明，"第一，不能跨年。如果是 2022 年 10 月出口的货物，企业要在 2023 年 3 月申报，进入退税系统的所属期是 2022 年 12 月。再晚，录入数据后就保存不了了。第二，企业可以申报以前月份所属期的数据。例如 2023 年 1 月出口的货物，企业可以在 2023 年 3 月的征期内，用'202301'所属期进入退税系统进行申报，8 月出口的，可选择'202308'进行申报。"

青青点点头说："好的，我选择'202308'进入系统，进入主页面，下一步要怎么录入？"

"下一步就是查看'系统维护'中的'系统配置信息'（见图 6 – 5）和'企业扩展信息'（见图 6 – 6）这两个模块。这两个模块不能手动修改，只能查看，它们分别显示出口企业的名称、代码等。"

小高说："下面还有'系统参数设置与修改'，可以根据需求进行配置（见图 6 – 7、图 6 – 8）。"

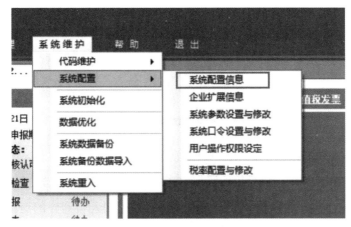

图6-5　系统维护—系统配置—系统配置信息

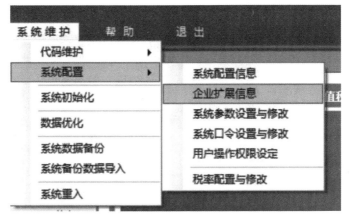

图6-6　系统维护—系统配置—企业扩展信息

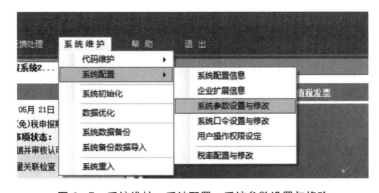

图6-7　系统维护—系统配置—系统参数设置与修改

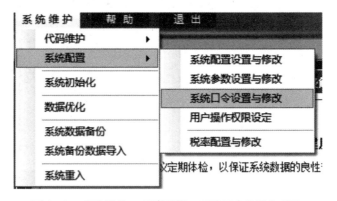

图 6-8　系统参数设置与修改页面

小高喝了口水继续说："这些都是前期工作，不需要经常做。另外，还有一些系统维护的工作，我简单地跟你说一下。首先是'系统口令设置与修改'（见图 6-9）。退税系统没有密码，如果你不想让别人看到你的退税数据，你就要在这里设置密码（见图 6-10）。这样其他用户就不能随便进入你们企业的申报系统了，从而起到保密的作用。"

图 6-9　系统维护—系统配置—系统口令设置与修改

图 6-10　密码重置页面

这时青青问道："Grace 上次跟我说不要随便修改密码，怕忘记密码而造成系统数据的丢失。"

小高笑道："上次她就把密码忘了，结果进不去系统了。虽然系统里也没有什么重要数据，但是平常最好还是不要修改密码。

"咱们再接着说。其次，'系统维护'里有一个'系统初始化'功能，输入'YES'，再点击'确定'，系统数据就全没了（见图6－11）。所以，平常千万不要使用这个功能。

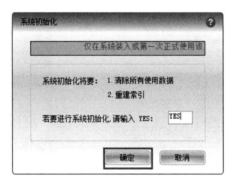

图6－11　系统初始化页面

"此外，'系统维护'里还有一个'数据优化'功能（见图6－12）。这个功能主要用于错误数据删除后的清理。数据删除后，虽然表面上没有了，但是有些残留的数据还在系统里，时间长了会影响系统的运行速度。在使用系统的时候如果觉得系统运行得比较慢，进行数据优化会提高系统的运行速度。

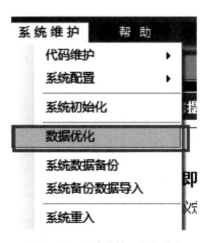

图6－12　系统维护—数据优化

"最后，就是我们经常用到的两个功能——数据备份和导入了，这两个功能需要我们熟练掌握。'系统数据备份'是将我们平常录入的单证数据进行备份，以防系统出现问题，丢失历史数据（见图6-13）。

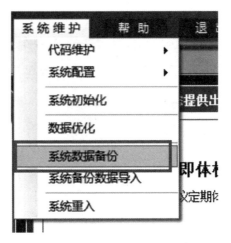

图6-13　系统维护—系统数据备份

"这个功能是非常重要的，每次正式申报完成后，最好做一下系统备份。这样在下次正式申报前，如果软件出现问题或者申报的数据出现相关错误，就可以通过'系统备份数据导入'进行恢复数据的操作（见图6-14）。

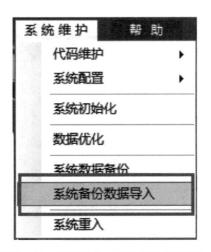

图6-14　系统维护—系统备份数据导入

"不过在选择备份数据路径时，不能选择默认根目录，要选择备份的子目录'JSdotnet. db'。'导入前清空数据库'就是清空当前系统的数据，其作用和初始化差不多（见图6-15）。

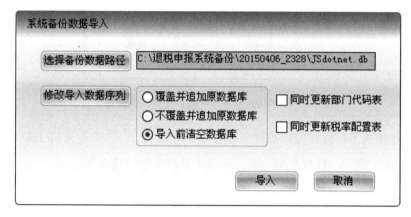

图6-15 系统备份数据导入页面

"系统维护中的功能，我基本都说完了。青青姐你记录下来了吗？"

"记下来了。"刚才小高说的时候，青青就在认真地记录和思考。小高说完后，青青的问题也来了："我还有一个问题，如果我硬盘中的数据中病毒了或全都丢失了，又或者我忘记备份系统数据了，怎么办？我的退税数据是不是就全丢失了呢？"

Grace抢在小高之前说："青青姐，这个我知道。我上次就遇到了这种情况。电脑公司来咱们工厂修电脑，把我的电脑系统重装了，结果电脑里的数据都没了，我吓得出了一身冷汗。后来你猜怎么着？每次申报的时候，税务局都会备份咱们的数据，我去税务局拷贝了全部反馈数据，然后通过系统读入就可以了。"

"原来是这样。"青青说着，将视线转向小高。

"嗯，如果你遇到这种情况，可以去税务局拷贝数据。通过'审核反馈接收'的'读入税务机关反馈信息'（见图6-16），将申报过的数据重新读入退税系统里，这样就能恢复所有的数据了。只不过系统的参数需要你像新企业一样重新配置一下。注意，不是在系统维护里。"

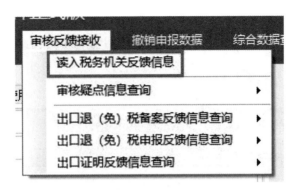

图 6-16　审核反馈接收—读入税务机关反馈信息

"我知道了。这样我以后就不用害怕数据丢失了。"看小高讲了那么长时间，青青又倒了一杯茶水给小高。小高忙站起来说"谢谢"。

小高喝了口茶继续说："说了这么多，青青姐你先整理一下，理顺思路，看看还有什么问题。"

"好的，我先整理笔记，然后自己操作一下。高老师可以先休息几分钟。"

第三节　外贸企业一般贸易的出口退税申报系统操作
——出口报关单的录入

青青捋了捋思路，又提出了几个不太明白的知识点，小高一一做了回答。

看青青没有再问问题，小高说："现在咱们就可以正式录入出口报关单[①]和进货发票了。"

青青点点头。小高接着说："青青姐，你看左边有一栏是'退税申报向导'。这个向导栏平时是自动隐藏的，当你的鼠标移动到左边或者点击右上角的向导按钮时，它就会出现（见图 6-17）。如果你点击锁定按钮，它就会一直停留在左边，不会消失（见图 6-18）。

---

① 自 2011 年 9 月 1 日起，出口企业通过对中国电子口岸"出口退税子系统"中的出口报关单数据进行确认操作，将出口企业符合出口退税申报要求的数据联网读入国家税务总局的出口退税申报系统中。企业可自愿选择原手工录入申报方式或利用联网应用数据进行申报的方式。

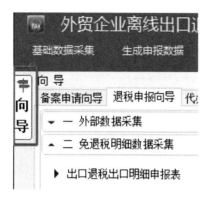

图 6-17　向导栏

图 6-18　锁定按钮

"在退税申报向导第二栏'免退税明细数据采集'里有一项'出口退税出口明细申报表'，你点击一下，把它打开（见图 6-19）。点开页面之后，第一项是关联号的录入（见图 6-20）。"

图 6-19　免退税明细数据采集—出口退税出口明细申报表

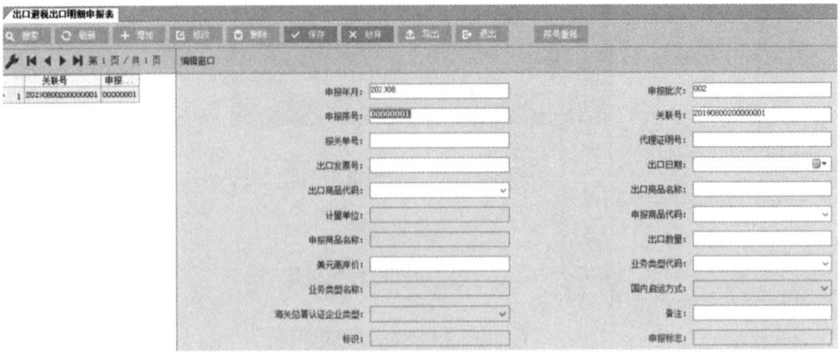

图 6-20　出口退税出口明细申报数据录入页面

"什么是关联号呢?"青青问。

"关联号可以将增值税发票和报关单联系在一起，使购进与出口有了对应关系。关联号对于外贸企业来说是非常重要的，它是进货数量和出口数量对应的桥梁。

"关联号关联的是用于进货业务的增值税发票和用于出口业务的报关单，它有两个原则不能违背：第一个原则是本企业所有出口货物的关联号都不能重复；第二个原则是同一关联号下相同商品编码下的商品，进货和出口数量是等同的。"

小高告诉青青，关联号按"申报年月（6 位数字）＋申报批次（3 位数字）＋关联号流水号（1~8 位数字）"的规则进行填写。例如，某外贸企业2023 年 2 月第一张出口报关单的第一个商品需要申报退税，其关联号为20230200100000001，第一张出口报关单的第二个商品需要申报退税，其关联号为 20230200100000002，第二张出口报关单的第一个商品需要申报退税，其关联号为 20230200100000003。之后以此类推，这样关联号就不会重复了。关联号设置好了之后，进货发票采用对应出口报关单的关联号就可以了。

"那我这次输入 20230800100000001，可以吧?"

小高点点头说："可以。"

"申报年月会自动显示，下面那个申报批次怎么写呢?"

小高认真地回答道："申报年月会在敲击回车键后由系统自动选取，选取的日期就是进入系统的申报日期。申报批次需要你自己录入，外贸公司可以一个月多次正式申报。例如，你9月1日申报退税，是这个月的第一次，此次的申报批次就是'01'；你9月10日再申报退税，批次就是'02'，以此类推。"

"我申报批次填写'01'了，那序号呢？"

"序号是某个批次的第一个记录。系统中有自动排序功能，输入完成后，由系统自动排序。进料登记册号，如果是一般贸易就不用输入了，你们公司是不用输入的。如果想知道是不是进料加工业务，可以看一下报关单的备案号。如果报关单的备案号是以C和E开头的，就是进料加工业务。注意，下面的发票号码不是增值税发票号码，而是业务部给你的形式发票号码。"

"这个我知道，出口日期就是报关单的出口日期。"

"报关单号的填写很有学问。报关单号一般填写18位海关编号 + 分隔符0 + 2位项号，共21位。海关编号在报关单的右上角，项号在商品编号左边，你补齐其他就可以了。"

"报关单标注的成交方式是FOB，美元离岸价格是不是应该录入4 926.75？核销单号已经取消了，就不用填写了吧？代理证明号，特殊业务需要填写，这里就不用填写了吧？商品编号我可以填写'62041200.90'吗？"青青一口气向小高问了很多问题。

"除了商品编号，其他输入的都对。虽然有时候报关单上的商品编号会出现小数点，但是在系统里填写时不需要这个小数点。自2013年2月1日起，商品代码库升级后，出口货物的编码统一改为8位，也就是62041200。填写完编码后，点击回车，商品名称就会自动显示出来。申报商品代码为空，不用录入，出口数量按照报关单填写就好。在填写页面最下面还有一个'业务代码'可以选择，这个选项主要用于一些特殊业务，如果有特殊业务就可以选择。国家税务总局在接收你的申报时，会根据特殊业务的要求，让你提供相关的资料，比如跨境贸易人民币交易选择KJ，最多可以选择3个业务类型代码。"

按照小高的指导，青青一步步将出口货物明细数据录入完成（见图6-21），之后点击"保存"，并让小高来审核。

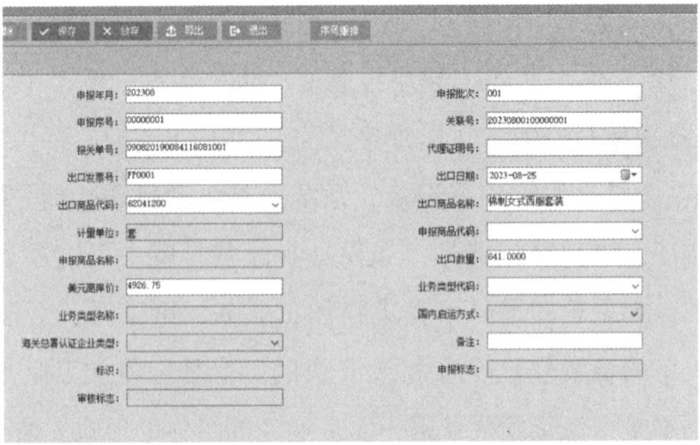

图6-21　录入数据页面

小贴士

业务代码只有在有相关业务的情况下才需要填写，一次最多能录入3个业务类型。如果在出口明细录入时填写了业务代码，进货明细录入时就要填写相同的业务代码。

第四节　外贸企业一般贸易的出口退税申报系统操作
——进货发票的录入

小高接着指导青青："接下来，你就要录入进货的增值税发票了。退税申报向导第二栏'免退税明细数据采集'中的第二项是'出口退税进货明细申报表'（见图6-19），点击'增加'后输入就可以了。你有了出口报关单的录入经验，发票录入应该能顺利一些。关联号要和出口报关单一致，你试试将发票的项目按照系统提示录入，我在旁边看着。"

青青拿着增值税发票按照系统提示一步步地录入。

其他项目的录入和出口报关单的录入没有什么区别。录入发票号码的时候，青青录入数字之后一敲回车，数字没有了。

这时候小高说："发票号码要通过外部数据采集模块读入系统才能显示。填写'进货凭证号'即可。'进货凭证号'是由增值税发票的代码和号码共

18 位组成的。”

“原来如此。”

青青继续拿着增值税发票录入，录好后给小高看看有没有错误（见图6－22）。

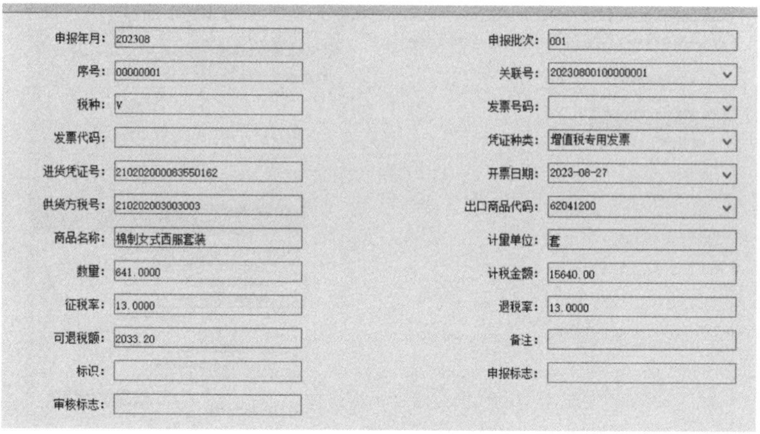

申报年月：202308
申报批次：001
序号：00000001
关联号：20230800100000001
税种：V
发票号码：
发票代码：
凭证种类：增值税专用发票
进货凭证号：210202000083550162
开票日期：2023-08-27
供货方税号：210202003003003
出口商品代码：62041200
商品名称：棉制女式西服套装
计量单位：套
数量：641.0000
计税金额：15640.00
征税率：13.0000
退税率：13.0000
可退税额：2033.20
备注：
标识：
申报标志：
审核标志：

图6－22　录入数据页面

第五节　外贸企业一般贸易的出口退税申报系统操作——自检和正审

小高检查完数据后对青青说：“青青姐，接下来你可以点击退税申报向导第三栏中的‘生成出口退（免）税申报数据’（见图6－23）。”

外贸企业离线出口退税申报软件正式版
向导
备案申请向导
退税申报向导
代办申报向导
出口已使用设备
其他申报向导
证明申报向导
一 外部数据采集
二 免退税明细数据采集
三 生成出口退（免）税申报
生成出口退（免）税申报数据
出口退税进货明细申报表
关联号
序号
20230800100000001
00000001
生成出口退（免）税申报数据
所属期：202308
批次：001
退（免）税申报
代办退税申报
出口已使用过的设备退税申报
购进自用货物退税申报
航天发射业务免退税申报
出口信息查询

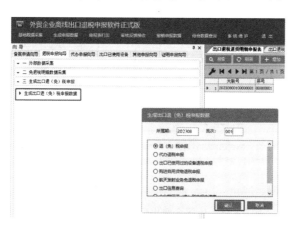

图6－23　生成出口退（免）税申报数据

"然后点击向导第四栏'打印出口退（免）税报表'，打印出口退税出口明细申报表和出口退税进货明细申报表（见图6-24）。

图6-24　打印出口退（免）税报表

"然后查看出口退税出口明细申报表和出口退税进货明细申报表，检查录入的出口数据是否有错误（见图6-25、图6-26）。

图6-25　外贸企业出口退税出口明细申报表

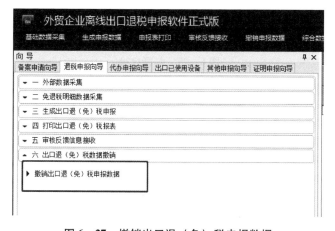

外贸企业出口退税进货明细申报表

纳税人识别号（统一社会信用代码）：11111111111111111　　所属年月：2019年05月　　申报批次：001

纳税人名称：11111111111111

申报退税额：2,033.20

页码：增量性 2,033.30　　　　　　　　　消费税 0.00　　　　　　　　　　　　金额单位：元（共至角分）

序号	发票号	税种	凭证种类	退运凭证号	购进方纳税人识别号	计量单位	出口日期	商品代码	商品名称	计量单位	数量	计税金额	征税率（%）	退税率（%）	可退税额	备注
1	2	3	4	5	6	7	8	9	10	11	12	13	14	15	16
00000001	00190001000000000001	V	增值税专用发票	2103010000000101147	2103010302020003	2019年05月27	62041300	棉制女式西服套装	条	641.0000	15,640.00	13.0000	13.0000	2,033.20	

| | | | | | | | | | | 合计 | | 641.0000 | 15,640.00 | | | 2,033.20 |
| | | | | | | | | | | | | 641.0000 | 15,640.00 | | | 2,033.20 |

声明：此表是根据国家税收法律法规及相关规定填写的，本人（单位）对填报内容（及附带资料）的真实性、可靠性、完整性负责。

纳税人（签章）：　　　　　　年　月　日

经办人：
经办人身份证号：
代理机构：
代理机构的统一社会信用代码：

受理税务机关：
受理日期：　　年　月　日

图 6 – 26　外贸企业出口退税进货明细申报表

"如果没有问题，就可以进行网上自检；如果发现录入的数据有问题，就需要点击向导第六栏进行撤销（见图 6 – 27）。"

图 6 – 27　撤销出口退（免）税申报数据

经过认真的检查，青青确认自己录入的数据都没有问题，于是按照小高的提示，打开大连市电子税务局的出口退（免）税申报页面（见图 6 – 28），将出口退税申报系统生成的电子数据上传到电子税务局平台进行自检（见图 6 – 29）。

图 6-28　出口退（免）税申报页面

图 6-29　数据自检

数据上传后，青青发现有几个疑点提示（见图 6-30），于是询问小高这些疑点意味什么。

图 6-30　疑点提示

小高看了看页面说："青青姐，用鼠标点击疑点，它显示增值税发票没有相关的稽核信息，如果没有这个信息就不能去税务局进行正式申报。

"你输入了出口报关单和增值税发票这两张单据的数据，所以也需要对这两张单据的电子信息进行比对。出口报关单的电子信息是货物出口后由海关传输给电子口岸，电子口岸再传送给国家税务总局，国家税务总局再分发给各个地方税务局。最后，地方税务局得到的电子信息会和企业申报的单证信息在自检平台里进行比对。比对过程中，如果系统发现企业录入错误，则需要企业修改后重新上传；如果发现电子信息没传过来，就只能等待下一个申报期再申报退税。"

"电子口岸我去办理过，拿到了一些设备，业务部的小张说报关要用，我都给他了。增值税发票的电子信息传输也是这样的吗？"

"增值税发票和报关单的电子信息传输是有区别的。首先，增值税发票认证了，才会有电子信息。但是这个电子信息也分两类：一类是认证信息，一类是稽核信息。一般做了两年出口业务的企业，如果业务都是正常的，并且达到一定标准，就会升级为二类企业。这类企业只要拿到发票的认证信息，就符合要求。发票认证信息一般几天就能收到。新企业比较受关注，它们属于三类企业，国家税务总局需要将发票认证信息和销货方的发票抄税信息进行比对，得到一个稽核信息，然后发到地方税务局。获得发票稽核信息需要的时间比较长，一般最长 60 天。"

"那就是说，只有报关单信息和增值税发票信息都到了，而且比对都成功了，我才能去税务局正式申报？"

"你说得没错。除了这两个电子信息不齐造成的疑点，还有一些疑点也会影响正式申报的结果。比如出口日期、出口金额录入错误疑点，受关注商品的疑点和受关注企业的疑点。受关注商品的疑点，比如关注单价较高、退税率高且重量较轻或体积较小的贵重商品，如手表、照相机及其配件等。受关注企业的疑点，是关注那些涉嫌偷税、骗税、虚开或接受虚开发票的企业，这些疑点意味着企业可能会发生骗取退税的行为。对于关注企业级别为二级及以上的企业、关注商品级别为三级及以上的企业，税务局有权对外贸企业及其销货单位进行函调核查，以确认这笔退税业务的真实性。通过函调核查之后，企业才可以进行正式的退税申报。"

"现在我只能等稽核信息到了才能进行下一步？"

"是的，如果报关单和增值税发票的电子信息都到了，并且也没有其他疑点的话，就可以点击自检平台的确认申报，将自检数据转入正审申报中。因为你们是三类企业，需要携带打印的出口报关单和增值税发票，以及汇总申报资料和所有电子数据到税务局进行正式申报。"

青青听到这儿急忙问道："也就是说三类企业不仅要在网络平台上正审，还需要到税务局的柜台进行正审？"

小高说："是的。"

小高终于讲完了，青青的笔记本也记了满满的几页。小高还告诉青青，这只是一般贸易的出口退税申报流程。除此之外，还有单证申报等，但不经常用，以后自己在工作中摸索着来就好了。

中午，青青请 Grace 和小高在附近的饭馆吃了顿饭，边吃边聊。青青说："今天小高给我讲了一上午，我才知道退税系统这么复杂。我要是一开始就知道这么复杂，这个工作可能就接不了了。"

小高说："万事开头难。虽然你现在觉得难，但是用一段时间也就熟练了。我经常看到很多岁数大的会计用这个系统时间长了就很熟练了。"

Grace 说："青青姐，你肯定可以的。外贸企业退税申报系统的操作还算是比较容易的，连那些老会计都能学会，我们年轻人一定可以的。"

听他们这么鼓励自己，青青信心满满地说："嗯，我一定会弄明白的。除了这个系统外，我还有很多业务上的问题，比如什么是来料加工、什么是进料加工，什么样的业务退税、什么样的业务免税。有没有什么课程能够让我系统地学习一下呢？"

Grace 说："上次有个培训机构举办了一场出口退税培训，系统地给我们公司的员工讲了一遍。其中有个姓谭的老师讲得非常不错。下个月他们又要办培训班，培训邮件刚好发到我邮箱里了，你可以向崔经理申请参加培训，一定会有很大收获。"

"等上班的时候你把邮件转发给我吧。另外，小高，我想问你，在退税申报系统里最晚什么时候完成申报？我得注意，千万别忘记了。"青青又问道。

小高回答："没有最晚申报期限，什么时候申报由企业自己决定，不存在不让申报的政策。"

经过了一个月的耐心等待，青青的增值税发票稽核信息、报关单的退税专用联和报关单的出口电子信息终于都到了。单据和电子信息都齐了，青青兴冲冲地拿着准备好的相关资料到税务局办事大厅进行正式申报。青青来到税务局办事大厅的退税窗口，递上全部资料。

窗口人员接过资料，在电脑上操作一番后，拿出一张表格交给青青，说道："你们公司是第一次申请退税，按照表格里的资料准备一下，再和303室的专管员联系一下，由他审批并进行实地调查。"

"实地调查？"

"对，每个企业第一次退税都要实地调查。"

出现了意料之外的情况，青青只得找到303室的退税专管员说："您好！请您帮忙审批我们公司的第一笔出口退税资料。"

退税专管员一件件仔细地查看青青递上的退税相关资料，之后对青青说："我明天上午有时间，请你按照表里的资料准备一下，提前通知企业的相关业务负责人，我要做实地调查，这个时间可以吗？"

青青点头同意，回去之后按照表里所列的资料准备，另外联络业务负责人，等待专管员的实地调查。第二天，专管员准时到来，因为青青的认真准备和业务负责人准确的回答，终于有惊无险地通过了专管员的调查。

几天之后，青青查了查银行账户，发现退税款已经到账了，她第一时间向崔京宇报告了情况。至此，青青终于长呼一口气，这项工作自己总算能胜任了。

第七章 / 了解生产企业一般贸易的退税申报流程

由于计算退税的方式不同，生产企业在增值税申报、退税系统申报、会计分录填写、单证管理等方面出现了很多与外贸企业不同的地方。

第一节　生产企业一般贸易免抵退税核算

在青青耐心等待公司退税结果的这段时间，公司的业务比较少，于是青青平常会帮忙接待一下韩国总部和大连工厂的同事，金社长也经常来市内办公室办公。

在与青青为数不多的交流中，金社长偶尔会流露出他对今后国内出口行业的展望。近年来，随着中国经济的发展，商品的利润普遍降低，而且企业间的竞争日趋激烈，大批低层次的商品被淘汰。因此，企业要有品牌化的商品，不能依靠订单生存，同时，还要实现国内外共同发展。这样，企业才能在激烈的国际市场竞争中生存。

金社长的目标需要很长一段时间才能实现。目前需要做的是，让公司各个部门提出一些增加企业利润、降低企业成本的建议，帮助公司渡过难关。金社长希望青青不仅要熟练掌握外贸企业的退税业务，还要学习生产企业的退税业务。他希望青青能够从财务的角度提出好的建议，使公司在退税订单上增加利润、降低成本。

平时只要一有闲暇，青青就会学习退税方面的知识，遇到不了解的问题，她就向崔京宇、Grace 和小高请教。现在，出口业务的整个流程在青青的脑海里越来越清晰。

青青参加了上次 Grace 说的出口退税业务培训，这次培训让她受益匪浅。谭老师讲得详细又专业，非常精彩。一些业务难点以及政策上不明白的问题，经过谭老师的讲解，青青也都弄明白了。

Grace 经常和青青讨论生产企业出口业务中的问题，两个人在讨论的过程中发现了一些问题，并一起努力解决了这些问题。青青对生产企业的账务、核算和退税系统的操作有了更加深刻的理解。

青青发现，生产企业的免抵退税计算比外贸企业的免退税计算复杂得多。首先，生产企业免抵退税的定义在《财政部　国家税务总局关于出口货物劳务增值税和消费税政策的通知》（财税〔2012〕39 号）中体现为："生产企业出口自产货物和视同自产货物及对外提供加工修理修配劳务，以及列名生产企业出口非自产货物，免征增值税，相应的进项税额抵减应纳增值税额，未抵减完的部分予以退还。"

也就是说，生产企业出口货物免征增值税，国内的进项税抵扣内销销项税后，如果还有剩余，则退还给企业。通过计算，青青发现生产企业免抵退税的定义说得不是很准确，除非货物征税率和退税率是一致的，否则本次出口货物的征退税之差要缴纳外销的销项税。所以，出口免征增值税准确地说应该是免征部分增值税。

举个例子：8 月出口的货物离岸价格为人民币 100 000 元，这批货物的征税率是 13%，退税率是 9%，内销 50 000 元（不含税价格），本期进项税额合计 12 000 元。如果计算退税，第一步就是计算外销的销项税额，即 $100\ 000 \times (13\% - 9\%) = 4\ 000$，会计分录是：

借：主营业务成本　　　　　　　　　　　　　　　　　4 000

　　贷：应交增值税——进项税转出　　　　　　　　　　4 000

如果本期没有进项税和销项税的话，本期就需要缴纳 4 000 元的应纳税额。

国家税务总局文件里称这个金额为免抵退税不得免征和抵扣的税款，青青觉得这个名称不好理解，就管它叫外销的销项税额。

第二步，计算内销货物的销项税额。如果本期内销了 50 000 元的货物，销项税就是 50 000 × 13% = 6 500 元。

第三步，计算本期认证的进项税额和上期留抵税额，合计是 12000 元。

第四步，计算本期是有应纳税额，还是有留抵税额。外销销项税 + 内销销项税 − 本期进项税 − 上期留抵税 = 4 000 + 6 500 − 12 000 = −1 500 元。出现留抵税 1 500 元，说明本期不用考虑交税了，可以考虑退税。退多少要看出口额和退税率的乘积是多少。

第五步，计算免抵退税额。出口货物离岸价格 × 退税率 = 100 000 × 9% = 9 000 元，这 9 000 元就是理论上企业最多能退的税款。

为什么是理论上最多能退的呢？因为如果计算实际的退税款，岂不是企业出口金额为 10 万元也能退税，出口金额为 100 万元也能退税了？这肯定是不可以的。最终退多少税，取决于企业本期有多少进项留抵。本期留抵税额是 1 500 元，所以理论上最多能退税 9 000 元，但实际上只能给企业退税 1 500 元，而另外的 7 500 元就是免抵税额了。

青青问 Grace："如果下期又有认证的进项税额了，还可以把这 7 500 元退回来吗？"

Grace 笑着对青青说："哪有那么好的事儿？本月产生，本月结算。即使以后有进项税额，也不会再退之前的免抵税额了，而且免抵税额还要缴纳 12% 的附加税呢，就像咱们的应纳税额。如果本月有应纳税额，就得交税。下个月就算有进项税，也是下个月抵扣了。"

"你这样说我就明白了。如果企业想不交免抵税额的附加税，就只有加大本期的进项税额了吧？"

"进项税额也是有一定限度的，企业就算想提额，也不见得有。不过，企业可以选择人为拖后申报。国家税务总局公告 2018 年第 16 号《国家税务总局关于出口退（免）税申报有关问题的公告》出台后，要求生产企业退税申报单证收齐后才能申报。企业可以故意不收齐这些单证，但最晚只能拖到次年的 4 月 30 日。企业申报时间向后延迟，就可以拿回进项税票，这样企业就可以少产生点免抵税额了。"

"这方法实在高明，以后你也姓高吧！"

"这其实也是日常经验的积累。不过，我不会这么做。从长远来看，这种做法只不过给企业提供了资金周转的便利，但是，如果本月拿到进项税额本月退的话，就不能抵扣下个月的内销销项税额了。本月没拿到进项税票，下个月拿到后也可以抵扣内销销项税额，所以是平衡的。我不是崔经理，公司有钱就先交税，我筹划半天，他也不会给我涨工资。"

"也不能这么说。说不定遇到资金紧张的情况，你的建议解决了公司的燃眉之急，崔经理就把你提到副经理的位置了。"

"我倒不奢望什么经理，能给我涨点儿工资，我就知足了。青青姐……"Grace 略微停顿，接着说，"我不打算在这家公司长干。我和小高都想回老家去，大连物价高、房价高、工资低，在这里生活压力太大了。"

"你已经在大连工作那么长时间了，而且很多朋友也都在大连，就这样回去，不是挺可惜的吗？"

"的确挺可惜的，不过那也是没办法的事。老家那边工资比大连低一点，但消费水平比大连低很多。不管怎样，在老家的生活质量肯定会比在大连高一些。"

"嗯，也是！"听到 Grace 这么说，青青也若有所思。

青青想到了自己的选择，人生不过是由一个个小的选择组成的。在职业方面，她有其他的选择吗？肯定有，只不过青青目前还没想到自己除了会计工作，还能做什么。

职业生涯一旦中断，就意味着要重新开始。换一个行业，继续拿最基础的工资，然后在这个行业经过若干年的努力，进阶到某个层次。就算有勇气挑战新的行业，谁也无法确定新行业能否让你登上职业生涯的高峰。临渊羡鱼不如退而结网，还是先把自己的本职工作做好吧。

其实，青青觉得自己的性格挺适合做会计的。只不过，青青觉得自己心里有一种空空的感觉，这感觉不是空白，而是虚无。青青突然意识到，在自己的人生中，她很少做选择。从小学到高中，她基本没有什么选择的机会，大学时的专业是父母帮着选的，毕业后留在大连也是因为林浩的坚持。

说到林浩，青青想到自从两个人生活在一起后，彼此之间的交流变得越来越少。她不明白，他们的关系为什么会变成现在这样。

青青正想着，手机响了。她一看，是林浩打来的。林浩约青青晚上见个面，说有事情要告诉青青。

晚上，青青来到约好的地方，但她没有想到林浩想跟她谈的事情竟然是分手……

青青回到家的时候，发现林浩已经把他的东西都拿走了。他是什么时候整理的呢？青青居然没有注意到。原来，真正的离别是悄无声息的。这几年，她对林浩的态度在不知不觉中也发生了变化，所以分手也是她预料之中的事情。然而，结束这份感情的感觉就像结束在优美特的工作一样，当走到尽头的时候，内心还是有一丝淡淡的伤感。

青青觉得既然已经选择留在大连了，就不能轻易离开。现在她不能依赖任何人，只能靠自己。

第二节　出口报关单的录入

青青想趁这段时间提高自己的业务能力，只要在这家企业成功了，一切都会回到正轨的。每个人不是生来就注定会成功，每个成功的人都是经历种种波折后成长起来的。青青经历了人生低谷，整个人变得更加成熟，她觉得自己有能力面对以后的挑战。

接下来的日子，青青整理好情绪，继续按部就班地工作生活。只要一有空闲，青青就让 Grace 教她生产企业出口退税申报系统的操作。青青不想闲下来，不是要抚平什么心灵上的创伤，而是时间宝贵，她觉得应该尽快提升自己。青青希望不断提高自己的业务能力，从而可以在这个工作岗位上立住脚。

Grace 经常向青青抱怨生产企业出口退税申报系统在操作上比外贸企业出口退税申报系统复杂。青青操作了几次之后，感觉虽然有些复杂，但是基础的数据录入还是相通的。

这两个系统的用户名都是"sa"，并且密码为空。由于生产企业的出口退税申报系统和征管系统中的增值税报表密切关联，因此必须注意申报所属期的选择，进入系统的时候要选择和增值税发票相同的申报所属期。系统维护中的参数配置与设置、商品代码升级、数据备份基本上和外贸企业的配置是一样的。

生产企业退税申报系统里的退税向导与外贸企业退税申报系统里的退税向导不太一样。生产企业退税计算时采取免抵退税计算，所以购进原材料的发票是认证抵扣的，不需要输入退税系统；一般贸易只录入出口报关单，也就是退税向导第二栏中的"出口货物劳务免抵退税申报明细表"（见图7 - 1）。

图7-1 出口货物劳务免抵退税申报明细表

生产企业录入的项目和外贸企业大体一样，但有一些地方有区别。比如没有关联号；报关金额输入的是报关单上的原币金额，而不是默认的美元金额；还要输入汇率中间价；保存的时候不用再次审核认可。

青青从 Grace 那里拿了两张报关单，自己试着输入。

这两张报关单都是以 FOB 价格报关的，因此输入的金额比较简单。但要注意的是，汇率要按照当月第一个工作日的汇率的中间价来计。假设本月汇率 6.29，第一张报关单的录入情况如图 7 - 2、图 7 - 3 所示，第二张报关单的录入情况如图 7 - 4 所示。

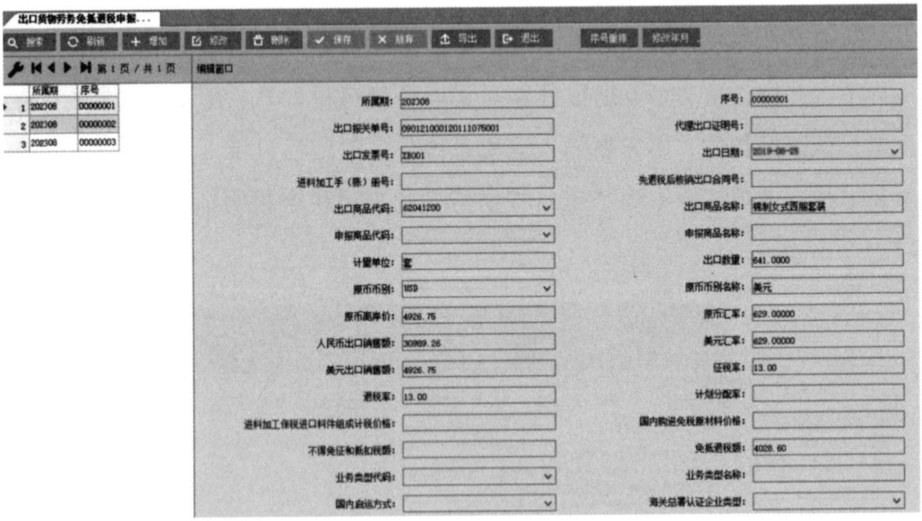

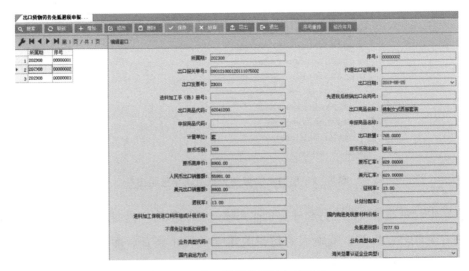

图 7 - 2　第一张报关单录入情况 1

图 7 - 3　第一张报关单录入情况 2

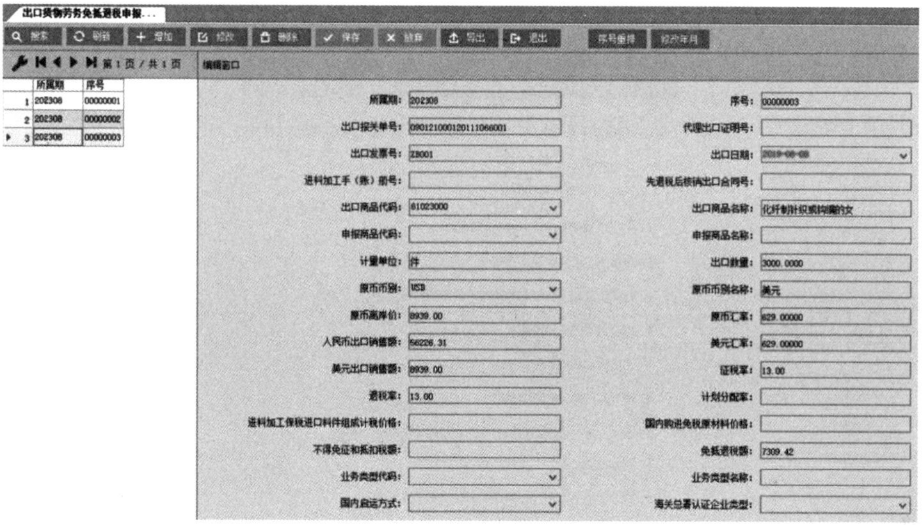

图7-4 第二张报关单录入情况

录入后，青青检查了一遍，点击"保存"。

第三节 生产企业明细申报数据的正预审

录入报关单数据后，青青进入向导第二栏"免抵退税申报汇总表"（见图7-5），点击"增加"，然后点击回车键出现退税汇总计算模块，纳税者不得抵扣累计，当期没有，所以填"0"，期末留抵税额填"15900"。Grace告诉青青，在自检数据之前，无法保证汇总数据的正确性，所以正式申报之前，一定要再次点击回车键确认汇总数据准确。

之后，进入向导第三栏"生成免抵退税申报"，点击"生成出口退（免）税申报数据"（见图7-6），出现免抵退税申报页面（见图7-7），点击"确定"，出现申报数据列表（见图7-8）。青青看到出口货物劳务免抵退税申报明细表中有3条数据，也就是她录入的3条报关信息。

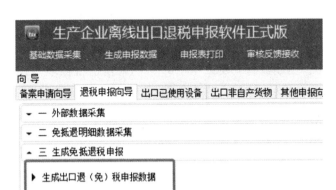

图 7-5　免抵退税申报汇总表

图 7-6　生成免抵退税申报—生成出口退（免）申报数据

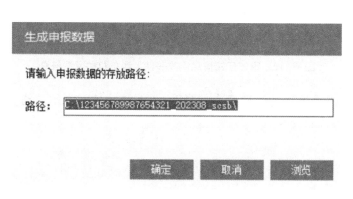

生成出口退（免）税申报数据

所属期： 202308   批次：

- ⦿ 免抵退税申报
- ○ 出口已使用过的设备退税申报
- ○ 购进自用货物退税申报
- ○ 出口非自产货物退消费税申报
- ○ 出口信息查询
- ○ 进料加工计划分配率备案

图7-7　免抵退税申报页面

申报数据列表

申报数据列表	数据条数
出口货物劳务免抵退税申报明细表	3
海关出口商品代码、名称、退税率…	0
出口货物收汇情况表	0
出口货物离岸价差异原因说明表	0
视同自产进货明细清单	0
先退税后核销企业免抵退税申报附表	0
国际运输（港澳台运输）免抵退税…	0
航空国际运输收入清算账单申报明…	0
国际客运（含香港直通车）运输清…	0

图7-8　申报数据列表

点击"确定"后，选择申报数据存放路径（见图7-9）。

生成申报数据

请输入申报数据的存放路径：

路径： C:\123456789987654321_202308_scsb\

确定　　取消　　浏览

图7-9　选择申报数据存放路径

生成电子数据需要进行预审，预审后会出现两种结果。

第一种结果，通过离线版系统将此数据进行预审，预审后可以直接查看疑点提示，也可以下载反馈信息，依次点击"审核反馈信息接收"—"读入税务机关反馈信息"—"退（免）税疑点信息"。如果有电子信息不齐等疑点，可以将此批申报撤销，转至免抵退税明细数据采集中，将无电子信息的报关单调整到下个月预审，然后将本期其他电子信息齐全的报关单按照向导进行录入申报，最后转成正审。

第二种结果，如果本月预审后没有疑点的话，可以直接把这个电子数据转成正审。

青青将疑点反馈信息下载到桌面，然后点击向导第五栏"审核反馈信息接收"中的"读入税务机关反馈信息"，将下载好的反馈信息读入出口退税申报系统中（见图7-10）。

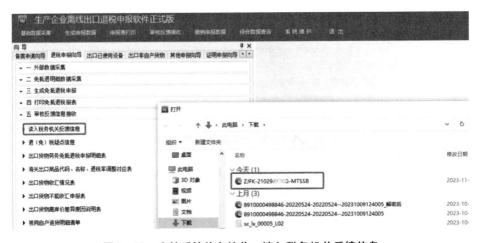

图7-10　审核反馈信息接收—读入税务机关反馈信息

然后点击"退（免）税疑点信息"，结果弹出错误提示"海关数据中无此报关单号"（见图7-11）。

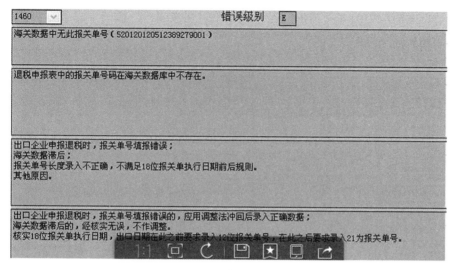

图 7 -11　错误提示页面

　　Grace 告诉青青，出现这种情况通常有 3 种可能：第一种是电子口岸中的报关单电子信息没有正常传输到国家税务总局的信息库；第二种是报关单编号录入错误，导致数据匹配不上；第三种是国家税务总局向地方税务局传输信息的时候把数据丢失了。遇到前两种状况，可以在电子口岸中重新报送或在退税申报系统中修改，但遇到最后一种情况，处理起来就比较麻烦了。

　　反馈中的疑点很多，常见的有以下 3 个：

　　1. 提示申报日期与海关数据中的日期不相符。这就要求企业会计查看自己输入的报关单日期是否正确，是不是把预录入单的申报日期当成了出口日期。如果是的话，就将其改成出口日期。

　　2. 提示申报的美元离岸价与报关单电子数据中的美元离岸价之差超过规定范围。这就需要企业会计看看是不是将出口货物报关单的出口金额，也就是 CIF 价格直接输入退税申报系统，没有转换成 FOB 价格。

　　3. 提示海关数据中无此报关单号，错误级别为 "E"。这种情况不是企业会计将报关单编号弄错了，就是在电子口岸中报送的时间晚了，以致相关电子信息还没有传输到国家税务总局，这就是青青刚才遇到的疑点。

　　看到错误提示，青青决定重新调整申报。青青选择向导第六栏 "免抵退税数据撤销"中的"撤销出口退（免）税申报数据"，撤销汇总数据后再撤销明细数据（见图 7 – 12）。

图 7 – 12　免抵退税数据撤销—撤销出口退（免）税申报数据

第四节　生产企业一般贸易退税申报全流程

撤销申报后，青青又回到向导第二栏"免抵退明细数据采集"中的"出口货物劳务免抵退税申报明细表"。

先要将信息不齐的出口报关单调整到下个月所属期进行申报。青青发现明细表里存有那条信息不齐的数据，也就是那条没有电子信息的出口报关数据。

青青点击"修改年月"，将这条信息不齐的报关数据的申报年月改成"202309"，也就是下个月进行申报（见图 7 – 13）。

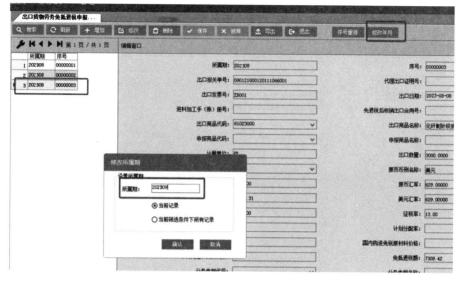

图 7 – 13　修改所属期页面

Grace 说她曾经做了件蠢事。在生产企业退税申报系统升级为新版的很长一段时间里，她想当然地以为没有电子信息的报关单数据应该删除。于是，她就把没有电子信息的报关单数据都删除了，结果害得自己第二个月又重新录入了几十票货物的报关单数据。这种做法严重地影响了工作效率，导致她疯狂加班。后来小高问清楚了原因，告诉 Grace 可以利用"当前筛选条件下所有记录"这个功能，将所有信息不齐的报关单数据筛选出来，统一调整到下个月，这才将 Grace 从加班的苦海里解脱出来。可见熟练操作电脑软件是能够提高工作效率的。

Grace 告诉青青，有一个便捷功能能够确认本期的全部销售额。将本月的出口报关单数据全部输入出口明细申报表之后，鼠标右键点击空白处，会出现下拉菜单（见图 7 – 14）。点击菜单中的"计算小计"，就可以计算出本月全部出口货物的人民币金额。不过 Grace 也告诉青青，这个功能只能在生成申报数据之前使用，原因是生成申报数据后相关数据就会转成正式申报，这个界面的数据就没有了。

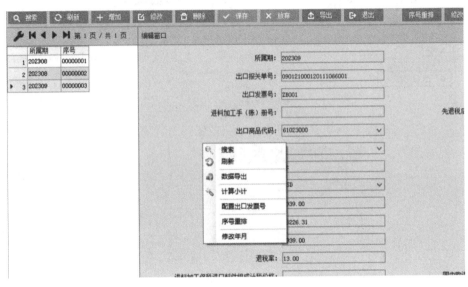

图 7 – 14 鼠标右键点击空白处出现下拉菜单

页面上果然出现了本月全部销售额（见图 7 – 15）。

项目名称	总和	平均值	最大值	最小值
出口数量	4406	1468.6667	3000	641
原币离岸价	22765.75	7588.58	8939	4926.75
人民币出口销...	143196.57	47732.19	56226.31	30989.26
美元出口销售额	22765.75	7588.58	8939	4926.75
进料加工保税...				
国内购进免税...				
不得免征和抵...				

出口货物劳务免抵退税申报明细表

记录个数：3

保存到文件　关闭

图 7 – 15 相关数据统计结果

改好所属期后，再次打开汇总表，点回车键更新数据，由于没有征退税之差，不得免征和抵扣税额继续为"0"，期末留抵税额继续为"15900"（见

图 7 - 16）。然后点击向导第三栏"生成免抵退税申报"，重新生成电子数据上传，完成正式申报。

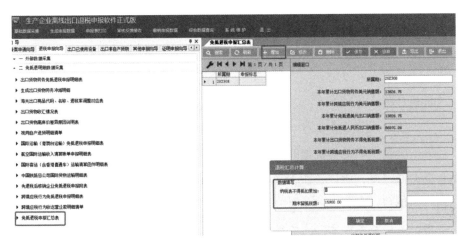

图 7 - 16　更新数据

如需要打印申报报表，可选择向导第四栏"打印免抵退税报表"下的"免抵退税申报表"（见图 7 - 17）。

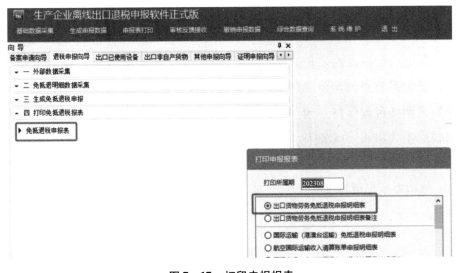

图 7 - 17　打印申报报表

明细表中第 14 栏"出口销售额乘征退税率之差"的合计金额就是不得抵扣税额。当然，如果本期还有进料加工业务，则这一金额减去不得抵扣税额的递减额，才是当期的不得抵扣税额。如果当期只有一般贸易业务，则本期不得抵扣税额就是这个征退税之差的合计金额。

这两个金额确认好以后，青青就可以做本月的会计分录了。

一个是收入的分录：

借：应收某某客户　　　　　　　　　　　　　143 196. 57

　　贷：主营业务收入——一般贸易收入　　　　　143 196. 57

另一个是不得抵扣税款的分录。由于本期出口商品征退税税率都是 13%，没有征退税之差，所以这个分录可以不必填写，如果有金额的话，就需要进行相应的填写：

借：主营业务成本——不得抵扣税额　　　　　　0

　　贷：应交增值税——进项税转出额　　　　　　0

确认这两个金额后，再根据本月发生的销项税额、进项税额，填写征管系统纳税申报增值税申报表。

第五节　征管系统的本月和次月增值税申报及会计分录

在正式申报退税之前，需要先把征管系统里的增值税申报表申报完成，征管系统里的增值税纳税申报表的期末留抵税额要和退税申报系统里的期末留抵税额保持一致。增值税申报完成后，再将电子税务局的申报数据转为正式申报。无纸化企业可以打印资料留存备查，无须前往税务局核查。

增值税纳税申报表（主表）项目内容如表 7 – 1 所示。

表 7 - 1　增值税纳税申报表（主表）项目内容

项　目		栏次	一般货物及劳务		即征即退货物及劳务	
			本月数	本年累计数	本月数	本年累计数
销售额	（一）按适用税率计税销售额	1			0	0
	其中：应税货物销售额	2	0	0	0	0
	应税劳务销售额	3	0	0	0	0
	纳税检查调整的销售额	4	0	0	0	0
	（二）按简易办法计税销售额	5	0	0	0	0
	其中：纳税检查调整的销售额	6	0	0	0	0
	（三）免、抵、退出口销售额	7	143 196.57	143 196.57	—	—
	（四）免税销售额	8			—	—
	其中：免税货物销售额	9			—	—
	免税劳务销售额	10	0	0	—	—
税款计算	销项税额	11	13 000	13 000	0	0
	进项税额	12	28 900	28 900	0	0
	上期留抵税额	13			0	—
	进项税额转出	14			0	—
	免抵退应退税额	15	0	0	—	—
	按适用税率计算纳税检查应补缴税额	16	0	0	—	—
	应抵扣税额合计	17	28 900	—	0	—
	实际抵扣税额	18	13 000	13 000	0	0
	应纳税额	19		0	0	0
	期末留抵税额	20	15 900	15 900	0	—
	简易计税办法计算的应纳税额	21	0	0	0	0
	按简易办法计算纳税检查应补缴税额	22	0	0		
	应纳税额减征额	23	0	0	0	0
	应纳税额合计	24	0	0	0	0

增值税纳税申报表（附表二）项目内容如表 7 - 2 所示。

表 7 - 2　增值税纳税申报表（附表二）项目内容

一、申报抵扣的进项税额				
项　目	栏次	份数	金额	税额
（一）认证相符的增值税专用发票	1 = 2 + 3	0	0	0
其中：本期认证相符且本期申报抵扣	2	0	0.00	0.00
前期认证相符且本期申报抵扣	3	0	0.00	0.00
（二）其他扣税凭证	4 = 5 + 6 + 7 + 8	0	0.00	0.00
其中：海关进口增值税专用缴款书	5	0	0.00	0.00
农产品收购发票或者销售发票	6	0	0.00	0.00
代扣代缴税收缴款凭证	7	0	—	0.00
加计扣除农产品进项税额	8a	—	—	0.00
其他	8b	0	0.00	0.00
（三）本期用于购建不动产的扣税凭证	9	0	0.00	0.00
（四）本期用于抵扣的旅客运输服务扣税凭证	10	0	0.00	0.00
（五）外贸企业进项税额抵扣证明	11	—	—	0.00
当期申报抵扣进项税额合计	12 = 1 + 4 + 11	0	0.00	0.00
二、进项税额转出额				
项　目	栏次		税额	
本期进项税额转出额	13 = 14 至 23 之和		0.00	
其中：免税项目用	14		0.00	
集体福利、个人消费	15		0.00	
非正常损失	16		0.00	
简易计税方法征税项目用	17		0.00	
免抵退税办法不得抵扣的进项税额	18		0.00	
纳税检查调减进项税额	19		0.00	
红字专用发票信息表注明的进项税额	20		0.00	
上期留抵税额抵减欠税	21		0.00	
上期留抵税额退税	22		0.00	
其他应作进项税额转出的情形	23		0.00	

表 7 - 2 续

三、待抵扣进项税额				
项　目	栏次	份数	金额	税额
（一）认证相符的增值税专用发票	24	—	—	—
期初已认证相符但未申报抵扣	25	0	0	0
本期认证相符且本期未申报抵扣	26	1	15 640	2 033.20
期末已认证相符但未申报抵扣	27	1	15 640	2 033.20
其中：按照税法规定不允许抵扣	28	0	0.00	0.00
（二）其他扣税凭证	29 = 30 至 33 之和	0	0.00	0.00
其中：海关进口增值税专用缴款书	30	0	0.00	0.00
农产品收购发票或者销售发票	31	0	0.00	0.00
代扣代缴税收缴款凭证	32	0	—	0.00
其他	33	0	0.00	0.00
	34	—	—	—
四、其他				
项　目	栏次	份数	金额	税额
本期认证相符的增值税专用发票	35	1	15 640	2 033.20
代扣代缴税额	36	—	—	0.00

非无纸化企业除了要在电子税务局平台完成正式申报，还需要将资料装订成册送到税务局退税管理科进行查验，查验无误后才能通过审核，但去了税务局也可能会出现错误。Grace 说："如果出现错误，弄清楚原因再回来。作为外贸会计新手，你可能不明白税务局退税专管员说的错误是什么，你可以先拿手机拍一下错误提示，回来给小高看看。"

不过青青觉得这是自己的工作，最好还是少麻烦人家。她记得小高说过，如果真有错误的话，回来之后先选择向导第六栏中的"撤销出口退（免）税申报数据"（见图 7 - 18），撤销数据，进行修改，修改后重新生成就可以进行申报了。

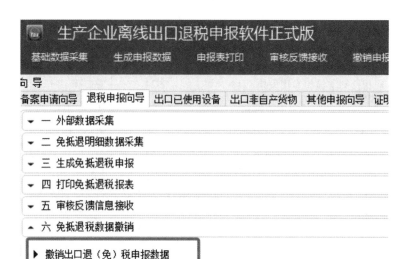

图 7-18　撤销出口退（免）税申报数据

青青随后模拟了 8 月底的会计分录，共有两个：

1. 借：应收账款——国外某客户　　　　　　　143 196.57

　　　贷：主营业务收入——一般贸易收入　　　　143 196.57

2. 借：主营业务成本　　　　　　　　　　　　　0

　　　贷：应交增值税——进项税额转出　　　　　0

这样到了 9 月，在没有发生任何业务的条件下，最后一票报关单电子信息齐全了，青青便可以按照上个月的步骤进行申报。

青青在填写征管系统的增值税申报的时候，注意到了两点。第一，免抵退税销售额，由于上一期的销售额里已经确认了本月申报的报关单的销售额，因此本月的销售额可以不用填写。第二，免抵退税应退税额，是系统结转上期汇总表自动计算的免抵退税额，即 11 306.13 元。

青青模拟 9 月的会计分录如下：

1. 借：应收账款——退税款　　　　　　　　　11 306.13

　　　贷：应交增值税——出口退税　　　　　　11 306.13

2. 借：主营业务成本　　　　　　　　　　　　　0

　　　贷：应交增值税——进项税转出　　　　　　0

如果退税款10月汇到公司，则可以编写另一个会计分录：

借：银行存款 11 306. 13

贷：应收账款——退税款 11 306. 13

9月所属期的增值税纳税申报表（主表）项目内容如表7－3所示。

表7－3 增值税纳税申报表（主表）项目内容

项　目		栏次	一般货物及劳务		即征即退货物及劳务	
			本月数	本年累计数	本月数	本年累计数
销售额	（一）按适用税率计税销售额	1			0	0
	其中：应税货物销售额	2	0	0	0	0
	应税劳务销售额	3	0	0	0	0
	纳税检查调整的销售额	4	0	0	0	0
	（二）按简易办法计税销售额	5	0	0	0	0
	其中：纳税检查调整的销售额	6	0	0	0	0
	（三）免、抵、退出口销售额	7	0	143 196.57	—	—
	（四）免税销售额	8			—	—
	其中：免税货物销售额	9			—	—
	免税劳务销售额	10	0	0	—	—
税款计算	销项税额	11	0	13 000	0	0
	进项税额	12	0	28 900	0	0
	上期留抵税额	13	15 900		0	
	进项税额转出	14			0	0
	免抵退应退税额	15	11 306.13	0	—	—
	按适用税率计算纳税检查应补缴税额	16	0	0	—	—
	应抵扣税额合计	17	—		0	—
	实际抵扣税额	18		13 000	0	0

表 7 – 3 续

项　目		栏次	一般货物及劳务		即征即退货物及劳务	
			本月数	本年累计数	本月数	本年累计数
税款计算	应纳税额	19		0	0	0
	期末留抵税额	20	4 593.87	0	0	—
	简易计税办法计算的应纳税额	21	0	0	0	0
	按简易办法计算纳税检查应补缴税额	22	0	0	—	—
	应纳税额减征额	23	0	0	0	0
	应纳税额合计	24	0	0	0	0

生产企业的一般贸易退税业务到此就结束了。

总体来说，青青认为退税系统和增值税申报有着非常密切的联系，因此，生产企业的退税业务在申报时对各个金额计算的准确性要求非常高，尤其不能出现填写错误。如果出现返工修改征管系统增值税报表的情况，就会大大增加企业会计人员的工作难度。了解到这些，青青也就理解了为什么 Grace 整天抱怨工作量大。

小贴士

根据《财务部　国家税务总局关于生产企业出口货物实行免抵退税办法后有关城市维护建设税教育费附加政策的通知》（财税〔2005〕25 号）第一条规定，经国家税务局（现已改名为国家税务总局）正式审核批准的当期免抵的增值税税额应纳入城市维护建设税和教育费附加的计征范围，分别按规定的税（费）率征收城市维护建设税和教育费附加。

第六节　电子口岸外部数据采集——出口企业会计的好帮手

每年 9 月到 12 月底这段时间是出口旺季，其间出口企业的订单会很多，相应地，出口的报关单和退税业务也多了起来。

"青青姐，你看我手里的报关单，现在有几十票了。崔经理还督促我这个月一定要及时申报完。我只有两只手，这么大的工作量怎么完成啊？"Grace郁闷地抱怨道。

"Grace，我帮你录入吧。"青青说道。

"你愿意帮我，我当然高兴。可是你录入一批、我录入一批的话，在导入退税申报系统时就会比较麻烦。有什么好办法呢？"Grace还是愁眉不展。

"我记得上个月给我培训的谭老师说过，出口报关单的数据可以通过电子口岸直接导入退税系统，不用手工录入。我当时没在意，我还以为咱们公司没有那么大的业务量，暂时用不到这个功能呢。现在看来，你用正合适！"青青急忙说道。

Grace瞪大眼睛说："真的？我怎么从来没听说过？小高肯定没跟我说过。"

"师傅领进门，修行在个人！"青青说着，拿出笔记本翻看自己上课时记录的笔记。第一条就把青青难住了：要想用外部数据导入这个功能，需要电子口岸读卡器。但是读卡器刚办下来不久，就被业务部拿走了。业务部需要使用读卡器，会计部门也需要使用读卡器，两个部门共同使用一个读卡器，肯定会有许多不便，能不能再办一个呢？青青急忙拿起电话，拨打了电子口岸的客户服务热线。电子口岸的客服人员告诉青青，一个企业可以办理两个电子口岸读卡器，费用也不高。青青跟Grace商量了之后，便给崔经理写了一份申请报告，内容是："因为工作量比较大，为了及时完成领导交代的任务，及时收到退税款，加快企业资金的周转，特申请再办理一个电子口岸读卡器。"青青当天下午就抽时间到工厂递交了申请，崔经理问过需要哪些手续后，便同意了申请。青青很快就又办理了一个电子口岸读卡器。

青青和Grace拿到新的电子口岸读卡器后，急忙将它安装好，开始操作。配置好系统后，插上操作员卡，进入电子口岸用户登录页面（见图7-19）。

图7-19　中国电子口岸用户登录页面

　　登录后，点击页面左侧的"报关单查询下载"，将需要导入的数据按照出口日期进行查询，然后点击"下载"（见图7-20）。

图7-20　出口退税联网核查系统—报关单查询下载

青青点击下载后，数据没有正常下载，反而提示错误（见图7-21）。

图7-21　下载失败提示

青青打开浏览器的"工具",找到"Internet 选项"—"安全"—"受信任的站点"—"自定义级别"中的"ActiveX 控件和插件",在其所有选项下方选择"启用"（见图 7 – 22），然后点击"确定"，关闭浏览器。

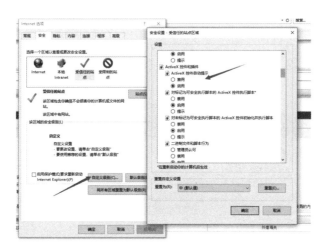

图 7 – 22　Internet 选项—安全—受信任的站点—自定义级别

青青重新打开浏览器，登录电子口岸，查询报关单数据并下载（见图 7 – 23），终于成功了。

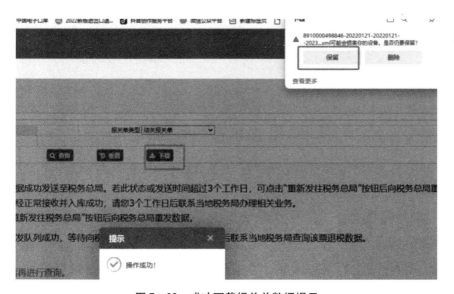

图 7 – 23　成功下载报关单数据提示

将数据保存到 C 盘后，暂时不要关闭这个页面，也不要将操作员卡拔出。Grace 和青青操作的时候，有几次提示读入数据失败，后来才发现原因是她们把页面关闭了或是将操作员卡拔出来了。至于为什么不要关闭页面和拔出操作员卡，小高的解释是：这个文件是一个加密文件，必须用读卡器和操作员卡进行解密后才可以读入。

　　之后就要把这个文件读入退税申报系统了。首先，要设置操作员卡的卡号和密码，如图 7 - 24 所示。

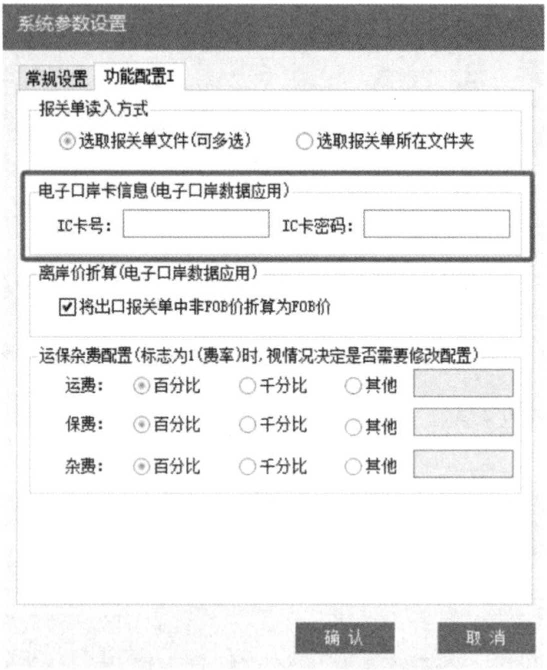

```
系统参数设置

常规设置  功能配置I
报关单读入方式
    ◉ 选取报关单文件(可多选)    ◯ 选取报关单所在文件夹

电子口岸卡信息(电子口岸数据应用)
    IC卡号: [            ]    IC卡密码: [            ]

离岸价折算(电子口岸数据应用)
    ☑ 将出口报关单中非FOB价折算为FOB价

运保杂费配置(标志为1(费率)时,视情况决定是否需要修改配置)
    运费:  ◉ 百分比    ◯ 千分比    ◯ 其他  [          ]
    保费:  ◉ 百分比    ◯ 千分比    ◯ 其他  [          ]
    杂费:  ◉ 百分比    ◯ 千分比    ◯ 其他  [          ]

              确 认          取 消
```

图 7 - 24　设置操作员卡号和密码

　　其次，点击退税申报向导第一栏"外部数据采集"中的"出口报关单数据读入"（见图 7 - 25）。

　　出现数据读入窗口后，点击"数据读入"（见图 7 - 26）。然后将存储在 C 盘中的加密文件读取到系统中来，但读取到系统中的数据是不够精细的粗数据，需要进一步加工才能使用。选择向导第一栏"出口报关单数据处理"，选择要加工的数据，点击右上角的"数据检查"（见图 7 - 27）。

外贸企业离线出口退税申报软件正式版

基础数据采集　生成申报数据　申报表打印　审核反馈接收　撤销申报数据

向 导

备案申请向导　退税申报向导　代办申报向导　出口已使用设备　其他申报向导　证明申报向

▲ 一 外部数据采集

▸ 出口报关单数据读入

▸ 出口报关单数据处理

▸ 代理出口货物证明处理

▸ 中标证明通知书处理

▸ 汇率配置管理

▸ 增值税发票信息处理

图 7 – 25　外部数据采集—出口报关单数据读入

出口报关单数据读入

Q 搜索　　C 刷新　　⬆ 导出　　⤷ 退出　　数据读入

🔧 ◂◂ ◂ ▸ ▸▸ 第 1 页 / 共 1 页　编辑窗口

出口报关…	项号

出口报关单号：

核销单号：

项号：

商品名称：

法定第一单位：

法定第二单位：

图 7 – 26　出口报关单数据读入页面

外贸企业离线出口退税申报软件正式版

出口报关单数据处理

出口报关单号：42040202000021566

核销单号：

项号：01

商品名称：

法定第一单位：千克

图 7 – 27　出口报关单数据处理—数据检查

这时，页面上可能会弹出提示。比较常见的是提示确认汇率，即确认这个报关单本月出口额折算人民币的汇率。

Grace 和青青根据提示进行相关配置，首先是出口商品汇率的配置（见图 7-28）。

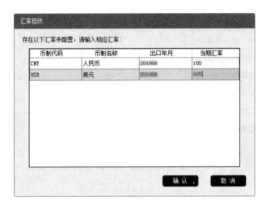

图 7-28　汇率修改页面

青青配置当前汇率为"685"，Grace 问青青："为什么不是 6.85 呢?"

青青说："你看数据说明下面有提示，即 100 外币兑人民币汇率，100 美元兑换 685 元人民币，所以汇率是 685。"

回到"出口报关单数据处理"，再次点击"检查"。系统提示没有错误后（见图 7-29），就算完成了粗数据的录入工作。

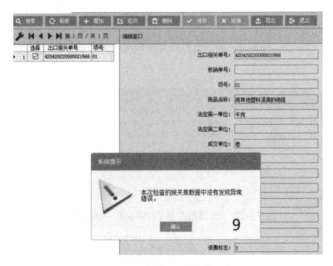

图 7-29　未发现异常错误提示

完成后还要进行最后一步确认。将数据导入出口货物明细申报表，然后点击"数据确认"（见图7-30）。

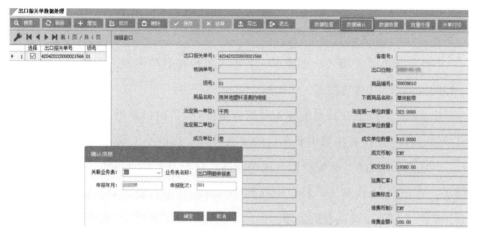

图7-30 出口报关单数据处理—数据确认

之后，就会出现所属期确认的提示框。这笔数据需要生成到哪个所属期，可以根据企业业务的具体情况进行选择。选择确认后，当前的报关单数据就消失了。

Grace 和青青打开出口货物明细申报表的时候，发现从电子口岸读入的报关单数据出现在明细申报表里了（见图7-31）。

图7-31 出口退税出口明细申报表录入页面

经过大半天的努力，当看到数据呈现在眼前的时候，Grace 高兴地跳了起来。她激动地说："这么做，节省我多少时间啊！太谢谢你了，青青姐！"

青青也高兴地说："这个方法能用真是太好了！我还担心把读卡器买回

来，万一操作不成功，崔经理批评我们。这下成功了，你的工作量也可以大幅减少。"说到这里，青青调侃 Grace："省下来的时间可以和小高约会了吧？"

Grace 像是想起什么似的："你不说我还差点忘了。我得好好教训教训他，有这么好用的功能居然不早告诉我。"

"咱们别光顾着高兴，先检查一下导入后的数据和你输入的数据有没有不一样的地方。"青青提醒道。

Grace 赶忙仔细查看系统导入后的数据："少了出口发票号码。这也难怪，出口的时候海关哪有国家税务总局的发票号码，我得手工填写。"

"我记得培训的老师曾经说过这个问题。我再看看培训的资料。"说着青青翻开了笔记本，"找到了。将鼠标移到空白处，点击右键，会出现一个下拉菜单，点击'报关单确认数据处理'中的'配置出口发票号'（见图 7 - 32）。

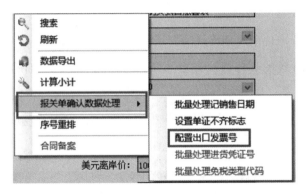

图 7 - 32　报关单确认数据处理—配置出口发票号

"在配置出口发票号页面将需要填写的出口发票号码按照报关单号进行填写，填写好后点击'更新'（见图 7 - 33）。这样，你就不用一个个打开报关单进行发票号码的配置了。"

"青青姐，竟然有这么好的办法！出口货物增值税发票已经实现了半自动导入，可是外贸企业还有供货增值税发票录入，如果也可以半自动导入的话，就太完美了。"Grace 望着青青，眼睛里充满期盼。

青青说："你想学？来给我揉揉肩，待我慢慢道来。"Grace 赶紧煞有介事地给青青揉了起来。

图 7 - 33　配置出口发票号页面

青青心满意足地笑道："你好好看着，我只操作一次。"

青青打开浏览器登录电子税务局，选择"出口退税管理"模块（见图7 - 34）。

图 7 - 34　出口退税管理模块

在申报退税页面选择"出口退（免）税申报"中的"认证发票反馈下载"，输入起始年月和截止年月，将压缩数据下载到电脑桌面（见图7 - 35）。

图 7 - 35　出口退（免）税申报—认证发票反馈下载

然后打开外贸企业出口退税申报系统，找到退税向导第一栏"外部数据采集"中的"增值税发票信息处理"，将下载到桌面的压缩文件读入退税申报系统（见图7-36）。

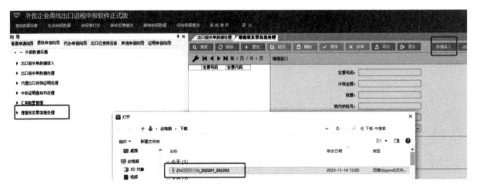

图7-36 上传发票文件

然后，青青点击"确认"，读入发票（见图7-37）。

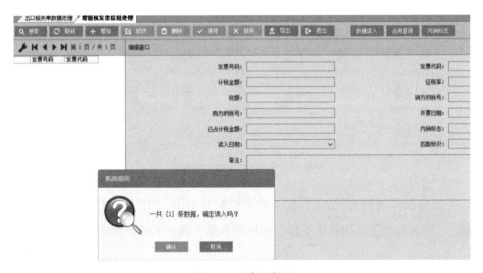

图7-37 读入发票

之后，青青打开出口退税进货明细申报表录入页面，在"发票号码"中录入前4位，选择相应的发票，完成了半自动的数据导入（见图7-38）。

图 7 - 38　在出口退税进货明细申报表录入页面录入发票号码

看完这些操作，Grace 对青青佩服得五体投地："青青姐，你太厉害了！这些操作可以帮助咱们把工作效率提高很多呢。"

青青谦虚地说："我也是听培训老师说的，你可不要盲目崇拜我。"

青青和 Grace 笑成一团。能帮助这个热情善良的女孩，青青感到由衷的高兴。青青觉得自己的运气还是很好的，能来到一家待遇不错的公司，在工作中还学习了新的知识，而且遇到了像 Grace 这么好的同事。Grace 和小高都是心地善良的人，青青希望他们能在事业顺利的同时，爱情也开花结果。

第八章 ╱ 成功化解外贸企业来料加工业务里的风险

在国际贸易中，即使是富有经验的业务员，也不可能预料到所有的贸易风险点。但是作为企业的员工，只要有利润，就必须为公司争取。

第一节 来料加工业务的前期准备

收到第一笔退税款后，青青逐渐熟悉了外贸企业一般贸易业务的整体流程。

很快，又到了青青回工厂汇报工作的时间。这一次，在青青回工厂汇报这两个月的工作情况之前，崔京宇就把青青这段时间给他发的邮件浏览了一遍。可以说青青不仅完成了工作任务，而且完成得比自己预想的还要出色。不仅如此，青青还在工作中解决了 Grace 输入数据的难题。崔京宇原本忐忑的心终于可以放下了，此时，他更加确定当初选择青青是正确的。

崔京宇看着青青迈着轻快的步伐走进他的办公室，便笑着对青青说："这笔业务总算是顺利地退税了，咱们外贸公司的出口退税业务可以说也以此为开端正式开展起来了。以后我会把一些日本、韩国客户的订单业务中的一部分放到外贸公司那边操作，这样对减轻我们企业的税收负担会更加有利。所以，以后你的工作量也会逐渐增加。"说完，崔京宇问青青有没有信心。

"当然有信心！"青青坚定地回答。

"好！"崔京宇也预料到青青会这么回答，"现在就有一个新业务需要你处理，业务部和日本起源会社客户的订单基本定下来了，这次订单由日本客户提供进口原料，业务部有些事项需要和你商量。"

"是什么订单？"

"女士内衣之类的。咱们工厂现在没有做内衣的相关设备，需要放到其他工厂去做。这需要你好好考虑该如何操作。"

青青对这部分业务很自信："好的，加工贸易出口一般不外乎进料加工和来料加工这两种方式。如果国内还需要采购比较多的原材料的话，可以选择进料加工；如果原材料都是日本客户提供，可以选择来料加工。咱们公司的业务部选择哪种方式呢？"

崔京宇说："我听业务部说大部分主辅原材料都是日本客户提供的，好像是来料加工，但具体情况你还要和业务部的人再确认一下。"

"好的，这笔业务是由业务部的哪位员工负责呢？"

"是业务部副经理 Eric（埃里克）。他以前在贸易类型的日企工作过，不仅对于订单的把握很有经验，而且懂日语、会翻译。过几天他会带着他的两个日本线的组员到市内办公室工作，这样，市内办公室就又增加了几个人。以后随着公司业务量的增加，市内办公室可能还会增加人手。"

崔京宇停顿了一下，接着说："还有，我跟金社长商量了一下，金社长对你的印象很不错，我们决定让你临时兼任那边的办公室主任。一些行政管理方面的事情需要由你临时负责，公司会给你增加一些权限，工作太忙的话，可以让 Grace 帮助你。"

青青虽然怕麻烦，但是有了在优美特的前车之鉴，这次她不敢怠慢。不过在布罗森的情况不太一样，青青隐隐觉得崔京宇还是比较认可自己的，她想这也许是一次不错的锻炼机会。

"好的，感谢领导对我的信任。我一定不会让公司失望的。"青青下定决心抓住这次机会，点头对崔京宇说道。

崔京宇笑着说："你一定不要让我失望啊！快到中午了，咱们就在公司附近的韩国料理店吃午饭吧。"

"Eric 这个人，最初也是我面试的。"吃饭的时候崔京宇对青青说，"他这个人很有闯劲，社交范围又比较广，为咱们公司带来不少业务。业务部的员工工作比较辛苦，公司体谅他们跑业务不容易，对他们的要求以能拿到业务为主，对一些细枝末节也就不那么苛求了。这就要求相关的配合部门一定要把工作做细，你在以后的工作中要多注意细节方面的问题。同时，我们也不能放任业务部的员工在工作时'粗枝大叶'，该说的时候还得说。你平时要和他们多沟通，可以把问题汇报给我。新公司的运行一定要正规，Eric 出现的问题，要及时告诉我。"

　　听到崔总的话，青青不动声色地一边吃一边说："好的。"但她心里有些想不明白：崔总既说 Eric 有错误的时候她要及时纠正，又让她把情况汇报给他，让他来说，究竟是什么意思呢？

　　青青决定试着问："业务部也有自己的工作流程，不是吗？我想 Eric 工作一定很认真仔细，才能当上副经理的。"

　　崔京宇叹了口气说："业务部的确有他们自己的工作流程。不过，术业有专攻，业务部的员工在做市场的时候，往往以结果为导向，以能拿到订单为目标。很多时候，他们缺少基本的财务常识，从而导致最终结果和预期结果有很大差距。这就需要你引导他们以全局为重，不能只看眼前。最近几年出口行业不太景气，企业利润下降，我们要用些有闯劲的人开拓市场。所以，这就要求青青你多费心了。"

　　青青点点头。

　　回到市内办公室，青青告诉 Grace 她被委以办公室主任一职的事情。Grace 听了比青青还兴奋，笑得嘴角都快咧到后脑勺了："魏主任，你要多提拔我啊。"

　　青青说："什么主任，就是为大家服务。还有一件事，明天这个办公室又会来几个同事，是 Eric 和负责日本线的组员。"

　　第二天，Eric 很早就来到了办公室，他需要在他的组员来之前先安排一下。青青来得比 Eric 还早，Eric 一到，青青就打量起他——身材魁梧，西服整洁，平头发式，讲起话来非常干脆。等所有员工都到齐后，青青简单地向他们介绍了办公室的人员和情况。Eric 的工位被安排在后面稍微宽敞的地方，两个组员被安排在 Eric 工位周围的位置。一切安排妥当后，青青和 Eric 开始探讨日本起源会社的订单事宜。

Eric 笑着说："这次日本客户的订单是我联系并负责的，虽然利润不多，但这笔订单主要是作为咱们外贸公司的开山业务，先趟趟路子。崔总说你在这边负责外贸退税的相关工作，以后请你多多指教。"

青青赶忙回答："有些地方也要请你多指教！大家互相帮助，共同把业务开展好。这个订单什么时候正式开始？"

"前期意向已经定下来了，可以说基本上差不多了。现在主要牵涉国内税务方面的问题，需要在签订正式合同之前考虑清楚公司要负担的税务。"Eric 微笑着回答。

"这次的原材料都是日本客户提供吗？没有国内采购的？"

Eric 坐得很端正，点了点头说："是的。"

青青考虑了一下，说："这样，以外贸企业来料加工的方式处理这次的业务。来料加工的特点就是出口货物免税，但是进货不给退税。"

Eric 不假思索地打断青青："如果没有退税，工厂加工费的税是不是就要由我们承担了？比如，这次进口料件 1 万元人民币，加工费 1 000 元人民币，工厂报给我们的含税价是 1 170 元人民币。这 170 元的税，我们是不是要考虑写到合同中呢？"

Eric 突然打断青青的话，让青青感觉这个人比较强势，心中略有不快。但见 Eric 问到点子上，而且青青也看得出他对出口业务还是很有经验的，便说："这点你可以放心，工厂的业务也在来料加工环节内，它还是会给咱们开具 1 000 元的加工费普通发票，这个发票是不含税的。到时候，我们在国家税务总局开具一个来料加工免税证明给工厂，工厂再到当地的税务局进行免税的备案即可。"

Eric 松了口气说："这样的话还可以。这笔订单的利润本来就不多，如果再负担进项税的话就没法做了。"

"你定好工厂了吗？定好后，就可以办理来料加工手册了。工厂一旦定好，建议你就不要再更改了。"

"我们已经找了几家工厂，但有的工厂不给开发票。我想先找一个正规工厂做一部分订单，然后让它把其他工厂不能开的发票一起开出来。你看这样操作有没有风险？"

"有风险。就像你说的，人家是正规工厂，如果这个正规工厂不给你开具其他工厂的发票的话，这部分货物的出口就要征税了。所以，你最好事先和人家谈好。"

Eric 点点头说："嗯，你说得有道理，这一点我得事先和工厂沟通一下。"

"你找好工厂后，我来办理剩下的手续。你最好在确定工厂前，先问问他们有没有做过加工贸易，有没有加工能力证明，咱们在办理企业合同备案的时候需要一些手续。"

"好。"回答青青的时候，Eric 已经起身了，"我这两天就把工厂的事情给落实了。"

青青和 Eric 谈完，便向崔京宇报告了这个业务目前的进展。

过了两天，Eric 告诉青青，他找到一家工厂可以做这个订单，工厂名字叫葫芦岛大宇服装有限公司。这个工厂的加工费比较合理，就是路途远，在葫芦岛。

青青问："那个工厂以前做过加工贸易、来料加工业务吗？"

Eric 说："厂长说他们现在正在做的订单就是来料加工，工厂的手续都齐全。日本客户晚上会传给我合同，我传到总公司审核，如果没问题的话，明天就可以签合同了。"

"行。你签好合同后，我还要委托报关行办理合同备案，你把成品对应料件的单耗算好后给我，我给报关行。希望这种订单以后能多来点，原因是咱们要通过加工贸易电子联网审批管理系统进行合同的预录入，这个系统的使用费是一年 8 000 元。"

"这么多啊？这笔订单的利润也就 20 000 元左右，除去日常费用，真剩不下什么了！"Eric 很惊讶。

"没办法，政府部门运营也是有成本的。"青青苦笑。

"好吧，只能期望以后的订单能弥补了。先这样吧，我再把合同有关内容斟酌一下。"

几天后，Eric 把合同签完了。青青准备好相关资料交给报关行，让报关行办理海关的合同备案。本次进口原辅材料价值 22 612.51 美元，加工后出口成品总价格为 45 179.51 美元。

小贴士

来料加工委托加工出口的货物免税证明及核销办理

1. 从事来料加工委托加工业务的出口企业，在取得加工企业开具的加工费的普通发票后，应在加工费的普通发票开具之日起至次月的增值税纳税申报期内，填报《来料加工免税证明申请表》，提供正式申报电子数据，及下列资料——进口货物报关单原件及复印件、加工企业开具的加工费的普通发票原件及复印件和主管税务机关要求提供的其他资料，向主管税务机关办理《来料加工免税证明》。

出口企业应将《来料加工免税证明》转交加工企业，加工企业持此证明向主管税务机关申报办理加工费的增值税、消费税免税手续。

2. 出口企业以"来料加工"贸易方式出口货物并办理海关核销手续后，持海关签发的核销结案通知书、《来料加工出口货物免税证明核销申请表》和下列资料——出口货物报关单原件及复印件、《来料加工免税证明》、加工企业开具的加工费的普通发票原件及复印件、主管税务机关要求提供的其他资料及正式申报电子数据，向主管税务机关办理来料加工出口货物免税核销手续。

这里面所指的出口企业既包含了外贸企业也包含了生产企业，也就是说，来料加工委托加工业务，生产型和外贸型的出口企业都可以操作。

第二节　来料加工业务的退税申报和风险

几周之后，料件进港，Eric 为了跟踪订单的质量，就跟工厂货车去了葫芦岛。过了几天，青青打电话询问订单情况，Eric 跟青青说货物需要在好几个工厂进行加工。

经过半个月的努力，在 Eric 的监督下，葫芦岛的工厂终于将订单加工完成后出口了。

青青拿着来料加工进口货物报关单和出口货物报关单，联系葫芦岛大宇工厂，让工厂的会计开具加工费发票。

此时，大宇工厂出现了新的变化：工厂提出要在付清全部加工费之后，才能开具加工费发票。青青跟大宇工厂的会计说，如果不给 FH 贸易公司开具普通发票，FH 贸易公司就没有办法到国家税务总局开具来料加工免税证明，没有来料加工免税证明，葫芦岛的税务局就不会让大宇工厂免税，这样会给双方造成利润损失，工厂必须承担这个责任。

说着，青青拿出国家税务总局公告 2012 年第 24 号《国家税务总局关于发布〈出口货物劳务增值税和消费税管理办法〉的公告》给大宇工厂的会计看："从事来料加工委托加工业务的出口企业，在取得加工企业开具的加工费的普通发票后，应在加工费的普通发票开具之日起至次月的增值税纳税申报期内，填报《来料加工免税证明申请表》，提供正式申报电子数据，及下列资料——进口货物报关单原件及复印件、加工企业开具的加工费的普通发票原件及复印件、主管税务机关要求提供的其他资料，向主管税务机关办理《来料加工免税证明》。出口企业应将《来料加工免税证明》转交加工企业，加工企业持此证明向主管税务机关申报办理加工费的增值税、消费税免税手续。"

青青经过不懈的努力，终于和大宇工厂的会计达成共识。对方答应按照公司的要求开具增值税普通发票。

青青拿到发票后，马上按照小高教的系统操作方法进行《来料加工免税证明》的申报。

进入出口退税申报系统证明申报向导第二栏"证明申报数据录入"中的
"来料加工免税证明申请表"（见图8-1），点击"增加"按钮。

图8-1 证明申报数据录入—来料加工免税证明申请

先将相关数据——录入系统（见图8-2）。如果只有一个出口商品的话，
就填写一个商品的出口数量或者分别填写数量，只要数量合计对得上就可以。
如果有两个商品，就对应两个商品录入。

图8-2 数据录入页面

然后点击证明申报向导第三栏中的"生成出口证明申报数据"，选择所属期后，即可生成电子数据（见图8-3）。如需打印申请表，可点击向导第四栏中的"出口证明申报表"，选择所属期后进行打印（见图8-4）。

图8-3　生成出口证明申报数据

图8-4　打印来料加工免税证明申请表

青青带着打印的来料加工免税证明申请表、进口货物报关单原件及复印件、大宇工厂开具的加工费的普通发票原件及复印件来到中山区税务局办理《来料加工免税证明》。中山区税务局除了要求提供电子数据外，还要求打印一份免税证明，加盖公章返还给 FH 贸易公司。最后，青青将这个加盖了税务局公章的《来料加工免税证明》返给大宇工厂。大宇工厂的会计拿着这份资料到当地税务局办理免税备案。

到这，青青的工作还没有结束，除了开具免税证明外，等到货物全部出口后，需要到海关对来料加工手册进行正式核销。海关核销以后，青青还要到税务局进行核销。

然后，在退税申报系统里录入相关数据，之后报送税务局就可以了。

FH 贸易公司来料加工业务的申报就这样完成了。

青青处理了这笔业务的会计分录。由于国外进口的原材料在所有权上不属于 FH 贸易公司，而属于日本客户，因此 FH 贸易公司不需要付汇，走一个表外的库存账就可以了。当原材料报关进口进来的时候，青青填写：

借记：外商来料	纽扣	18 千克
借记：外商来料	纤长丝机织物	558 米
借记：外商来料	松紧带纱线	10 千克
借记：外商来料	机制花边	29 千克

大宇工厂派人提货后，青青就在库存账上填写，借记"拨出来料"，贷记"外商来料"。

借记：拨出来料——大宇工厂	纽扣	18 千克
借记：拨出来料——大宇工厂	纤长丝机织物	558 米
借记：拨出来料——大宇工厂	松紧带纱线	10 千克
借记：拨出来料——大宇工厂	机制花边	29 千克
贷记：外商来料	纽扣	18 千克
贷记：外商来料	纤长丝机织物	558 米
贷记：外商来料	松紧带纱线	10 千克
贷记：外商来料	机制花边	29 千克

当然，这个分录也可以不写。在实际工作中，原材料到港后，受托工厂可能会立刻提走。

大宇工厂加工好成品后，给 FH 贸易公司开具了增值税普通发票。青青根据大宇工厂开具的发票记账。

确认工厂加工费后，表内记账如下：

借：主营业务支出　　　　　　　　　　　　　118 032.96

　　贷：应付账款——大宇工厂　　　　　　　　　　118 032.96

在库存账表外记账如下：

借：代管物资——女式休闲罩衫　　　　　　　9 969 件

　　贷：拨出来料——大宇工厂　　纽扣　　　　　　18 千克

　　贷：拨出来料——大宇工厂　　纤长丝机织物　　558 米

　　贷：拨出来料——大宇工厂　　机制花边　　　　29 千克

报关出口后，表外记账贷记"代管物资——女式罩衫 9 969 件"，确认收入加工费 22 567 美元，该月第一个工作日美元对人民币中间汇率为 6.15，表内记账如下：

借：应收账款——国外客户　　　　　　　　　138 787.05

　　贷：主营业务收入——来料加工收入　　　　　　138 787.05

所以这笔订单的毛利是：

138 787.05 − 118 032.96 = 20 754.09 元

经过几个月的一般贸易和来料加工业务的实际操作，青青的出口业务理论和实操水平都有了大幅提高，崔京宇也陆续把一些出口业务交给外贸公司来做。同时，Eric 的订单量也在稳步提升，除了来料加工业务外，他还在做一些一般贸易业务。于是，青青变得越来越忙碌了。Grace 负责的生产企业申报退税业务，由于采用了电子口岸的外部数据采集，其工作量和复杂程度大幅降低，因此，公司决定让 Grace 和青青一起负责外贸公司的退税申报。

小贴士

国家税务总局公告 2013 年第 12 号《国家税务总局关于〈出口货物劳务

增值税和消费税管理办法〉有关问题的公告》规定：出口企业从事来料加工委托加工业务的，应在海关签发来料加工核销结案通知书之日（以结案日期为准）起至次月的增值税纳税申报期内，提供出口货物报关单的非"出口退税专用"联原件或复印件，按照《出口货物劳务增值税和消费税管理办法》第九条第（四）项第 2 目第（2）点规定办理来料加工出口货物免税核销手续。未按规定办理来料加工出口货物免税核销手续或经主管税务机关审核不予办理免税核销的，应按规定补缴来料加工费的增值税。

国家税务总局公告 2013 年第 65 号《国家税务总局关于出口货物劳务增值税和消费税有关问题的公告》规定：出口企业将加工贸易进口料件，采取委托加工收回出口的，在申报退（免）税或申请开具《来料加工免税证明》时，如提供的加工费发票不是由加工贸易手（账）册上注明的加工单位开具的，出口企业须向主管税务机关书面说明理由，并提供主管海关出具的书面证明。否则，属于进料加工委托加工业务的，对应的加工费不得抵扣或申报退（免）税；属于来料加工委托加工业务的，不得申请开具《来料加工免税证明》，相应的加工费不得申报免税。

很多出口企业在办理来料加工业务时往往急于办理手册，对于受托企业的加工水平和商品工艺未具体落实。后期往往出现受托企业无法完成加工，更换受托企业的时候又未能征得海关同意，结果导致手册中的受托企业和实际加工企业不符，造成利润损失的情况。

第九章 ／ 换汇成本指标在外贸企业退税业务中的作用

在拓展市场的过程中，许多业务员只重视订单的利润而忽视退税相关风险。虽然企业可能在当下获得较大的利润，但是这些利润与风险不成正比。所以真正的勇敢不是无视风险，而是认清风险、战胜风险。

第一节　通过换汇成本指标发现退税风险

"又是 Eric 组的订单……青青姐，我喜欢做其他组订单的退税申报，不喜欢做 Eric 组的。"有一次，Grace 一边在退税申报系统录入数据一边不满地和青青嘀咕着。

青青笑着说："有什么区别？"

Grace 转向青青，瞪着眼说："区别大了！其他组的订单换汇成本都比较低，而 Eric 组的订单大部分时候不赚钱，还经常赔钱。害得我每次去税务局申报的时候，都要填写换汇成本说明。我都快成重点核查户了。"

青青惊诧："是吗？最近我一直忙于和总公司对账，还真没有注意到。你把 Eric 最近订单的合同拿给我看看。"

Grace 将这几个月涉及 Eric 订单的情况表和合同拿给青青。青青经过仔细对比，发现 Eric 的合同除了来料加工订单的利润比较正常外，其他订单不是赚得少就是几乎不赚钱，有的甚至还要亏损一点。青青觉得这个情况比较奇怪，便打电话向 Eric 确认。

电话接通后，青青听到 Eric 不紧不慢地说："我现在正在工厂和社长、崔总谈业务上的事，明天我回去再说。"

青青心生不悦。来料加工的订单稳定后，Eric 又承揽了几个日本商社的客户，这让金社长非常看重他。所以 Eric 最近总往工厂跑，并直接向总公司汇报情况，很多情况青青事后才知道，崔经理有时问起来，青青很被动。

对于 Eric 这种态度，青青起初没有太在意。她觉得也许 Eric 认为她只是个临时的办公室主任，也不管业务，所以什么事都不和她说。而且，青青一开始就对 Eric 的印象不错，觉得他是个有礼貌、讲效率的人。然而，类似的情况多了，她也不由地多想。青青认为 Eric 忽略了一件事：青青的主业是公司的财务。虽然 Eric 负责市场和订单跟踪，但是出口退税业务毕竟是一项流程性很强的工作，很多环节需要财务人员和业务人员互相沟通。其中任何一个环节衔接不畅，都可能出现问题。目前关于订单的反馈，大部分是从工厂那边传过来的，这让青青工作起来也很被动。

想到这些，青青叮嘱 Eric 第二天回市内办公室核实一些问题。

实际上，Eric 确实没有把青青的话当回事儿。作为一名业务员，Eric 总认为为企业创造财富的是销售，而财务只负责一些收付款的后续工作。如果企业没有业务，就不能持续经营，当然，企业里的其他工作人员也会相继失业，包括财务人员。正是对其他岗位从业者重视不足，才使 Eric 出现这些行为。

不出青青所料，第二天 Eric 又不知道跑到哪里去了。青青一直等到下午也没见 Eric 的踪影，便打电话问他在哪儿。Eric 说他在普兰店区的工厂验货，其实他正和客户在洗浴中心。青青知道 Eric 在敷衍她，心生不快，便吓唬 Eric 说："你的订单有问题，税务局打电话询问了。我要了解这些订单的具体情况，你赶快回来。"

Eric 一听税务局问了，不禁担心起来："税务局来电话了？什么时候？问什么了？你怎么说的？"

听到 Eric 难以掩饰的慌张声调，青青觉得好笑。同时，她也从 Eric 一连串的发问中，了解了 Eric 对自己的真实看法。于是青青故意轻描淡写地说："我说具体情况不太了解。总之，你快回来吧，税务局肯定还会打电话问的。"

Eric 知道自己的订单有问题，非常着急："好，那我明天回去！"

第二天一大早，青青来到办公室，Eric 已经到了。一看到青青，Eric 马上说："魏会计，咱们到会议室去说具体情况吧。"

看到他如此急切，青青也有些纳闷：难道他这些订单真有问题？

来到会议室，Eric 便盯着青青问："税务局都问什么了？"

青青云淡风轻地说："税务局要了解退税业务情况，每个企业都有可能接到他们的询问电话。""有可能"3 个字青青故意说得略重一些。

Eric 一听每个企业都有可能接到这种询问电话，猜到青青就是想把自己叫回来，所以利用税务局来压他。他就再次坐定，一字一顿地说："原来是这样啊。那你需要向我了解哪些情况？我的一般业务都向总公司的崔总汇报过了，金社长也都了解，你可以直接向金社长和崔京宇询问。"

青青心想 Eric 又拿社长来压自己，她怎么可能直接跟社长了解订单情况？不过青青看他一开始还很紧张，一听说是税务局正常调查后就放松了许多，便知道他的订单有些问题。

青青笑着说："不过，按照我们两个部门的工作程序，业务的对接是由你和我来完成的。崔总和社长都不能代替你来和我对接工作，对吧？所以业务上的事，需要和我对接的事项你必须告诉我。"

青青说得柔声细语，可说出来的话却让 Eric 无法反驳。

看 Eric 无言以对，青青接着说："还有，我看了你这几个月的订单情况，发现你的订单普遍都不赚钱，有的甚至赔钱，这是怎么回事？"

Eric 虽然不能反驳青青的话，但也对这个看起来柔弱的女孩刮目相看："这些订单的合同都征得了崔总同意。虽然有些订单不赚钱，但是公司需要积累客户，目前公司采用的是薄利多销的战术。还有，这些订单的合同社长也已经同意了。"

崔京宇知道并同意这种事，这让青青非常意外。看 Eric 的样子，青青也觉得他不会在这种问题上说谎。不过青青认为事情还是有些蹊跷，准备先吓唬吓唬他："Eric，按理说你做你的业务，我做我的财务，合同的事情不归我管。不过作为同事，我还是好心提醒你，你做的那些不赚钱甚至赔钱的业务，我们财务在申报退税的时候，每次都要给税务局写说明。税务局的意思很简单，订单赔钱一次、两次可以，经常如此，他们就会怀疑公司有骗税的嫌疑。你知道的，如果骗税金额比较大的话就要负刑事责任，甚至要蹲监狱。我们财务是根据你们业务部拿回来的单子做后续工作，一旦查到业务部那里，你们可得好好想想怎么说。"

Eric 也不是不知道眼下的订单是"走偏门"，但迫于业绩压力，他只能剑走偏锋。他本以为这些事情一般人是不会了解的，但是听青青一口气说了这么多，也害怕起来。Eric 以前听说青青没做过外贸会计，是来公司后现学的，但现在听青青说的话，便想一个新人会计都能发现问题，税务局的人不早就看出问题了吗？想到这些，Eric 便低声问："税务局对这块查得很严吗？"

青青说："当然了，税务局对外贸企业退税查得格外严。"

Eric 低声说："我也不瞒你，现在外贸订单不好做，国内用工成本不断提高，订单利润微薄。而且现在做外贸出口业务的公司也比较多，竞争太激烈了！你看去年开发区的韩资企业倒闭了多少，有的企业前一天还在生产，第二天全厂的设备都没了，老板也跑路了。如今的市场环境不好，所以有的订单好不容易拿下来，如果想保住国外客户，就得降价，甚至不赚钱，只能'赔本赚吆喝'。"

"市场环境残酷我知道，也理解。不过作为公司的一员，少赚钱可以，但是不能赔钱啊。当然，做生意也不可能只赚不赔，只要赚多赔少就好。但我看了一下你们组的大部分订单，赔钱的不是一两单，而是很多单，这就说不过去了吧？从过去几个月的业务收入情况来看，目前你们部门几乎没有为公司创造任何利润，如果再算上各种人员成本和消耗……"青青觉得已经说得很尖锐了，便收口。

Eric 急忙说："其实这些订单也不是真赔钱，只是表面上看赔钱，但是咱们可以靠退税赚钱！"

青青听说过有些外贸企业靠退税赚钱，但听 Eric 这么说，还是有些吃惊。虽然青青早就想到 Eric 订单利润如此低必有门道，但真的希望只是自己想多了。青青作为财务人员，知道这里面的利害关系。她仍心存一丝幻想，希望从 Eric 那里听到不一样的答案，便不动声色地说："不可能吧，怎么个赚钱法？现在征税率是 13%，退税率也是 13%。你购进 1 000 元货物就有 130 元钱的进项税，退税率最高也就是 13%，国家也不能给你多退税啊。"

Eric 想也没想就说："小魏，你只是坐在办公室里做财务，虽然理论上的东西你比较了解，但是这些业务的实际操作过程你可能不太清楚。"

青青故作惊讶地问："哪些实际工作我不了解？这些工作我多少也是了解的，日常的实际申报和联系工厂，我都参与了。"

Eric 有些犹豫，不过还是对青青说："比如，谈合同的时候让工厂多开点发票。"

"崔经理知道吗？"青青小声问。

"我大概和他说了一下。金社长也曾跟我说，只要有利润，我可以放手去做。"Eric 说。

根据 Eric 的说法，现在很多工厂的内销业务都不开发票，使得进项发票留底普遍比较多。造成这个现象有很多原因：一是一些生活用品都是卖给个人消费者，这样生产企业就不用开具内销发票，就会有大量的发票留底；二是一些购物网站做的是 C2C（消费者对消费者）业务，产生很多无票销售情况，导致大量的进项税发票留底。所以，很多出口企业都能用较低的价格买入进项发票，产生骗取退税行为。青青知道了来龙去脉，心想，这个事情，社长可能不明白，为什么有这么多年财务经验的崔京宇也不注意呢？青青觉得不用再问什么了，便对 Eric 说："这属于偷逃骗税行为，如果被税务局发现的话，不但要追究你个人的刑事责任，公司都要被取消出口退税的资格！"

"没那么严重吧？大家都这样做啊！"

"总之，我先跟崔总确认一下吧！"

青青觉得和 Eric 继续沟通也不会取得什么进展，而且这件事情后果严重，不是自己能做主的，便和 Eric 结束谈话，并立刻给崔京宇打电话说自己下午要去工厂一趟，有急事与他商议。

第二节　提前发现、提前解决，大事化小、小事化了

下午，青青急忙来到工厂。此时崔京宇已经在办公室里等她了。看到青青急急忙忙地赶来，崔京宇笑着对青青说："魏会计，什么事情这么急啊？先喝点水再说。"

青青坐下来，喝了口水润润嗓子说："我查看了 Eric 最近的订单，发现他签署的合同大部分是不赚钱的，我问他原因，他说可以通过虚开发票多取得退税款。他还说您是知道的，所以我今天特地过来跟您确认一下。"

崔京宇瞪大眼睛："我根本不知道啊，你具体说说是怎么回事。"

青青便把相应的合同、退税申报系统里换汇成本计算结果拿出来，然后一笔笔地对崔京宇说明情况。随着青青的讲解越来越深入，崔京宇的表情也越来越凝重。

青青说完后，崔京宇对她说："前些日子 Eric 来找我，说外贸公司业务出口价格比较低，但是如果出口加工量比较多，生产企业为了揽活，可以事后以返还佣金的形式给我们一部分款项。这个事情他也向金社长汇报了，金社长为了利润，督促我全力配合 Eric。社长既然这么说，我也就同意了。我让 Eric 和你多沟通，让他在做业务之前请你从财务角度把把关，确认财务上没有问题才可以推进。他当时答应我会咨询你。"

青青回应说："在发现这些事情之前，我什么都不知道。因为申报的时候，税务局对外贸企业的退税业务有评估指标，所以财务部才发现他的订单有些问题。我和 Eric 谈过后，感觉他对这个问题一点都不重视。崔总，下一步应该如何处理呢？"

崔京宇对销售部门这些揽活的手段略有了解，毕竟他做过多年业务员。只不过崔京宇现在已是副总，其注意力不在这些细枝末节上。再说，公司还有业务经理把关，崔京宇对业务部也不会过多干涉。

青青把这件事的来龙去脉告知崔京宇，也是给崔京宇敲了个警钟。崔京宇也明白一旦出现税务风险，就会对企业造成很大的伤害。毕竟这并不是什么光彩的事，崔京宇认为最好不要扩大化，涉及相关业务的几个部门经理知道就可以了。违规的做法不知道 Eric 做了多久，只怕后期还会有深远的影响。崔京宇需要和金社长商量后再决定，就先对青青说："金社长最近回韩国了，过些天回来。青青你先回去，Eric 所有订单的退税申报先暂停办理，等社长回来后再决定如何处理。另外，这件事暂时不要和其他同事说，一切等金社长回来再决定。你回去后，查查 Eric 的订单到底有多少是这种情况、是从什么时候开始的。"

回到办公室后，青青耐心地检查了 Eric 的所有订单，发现只有最近两个月申报的退税业务有疑点，其他订单暂时没问题。青青将这些订单的情况以表格的形式梳理了一遍，报送给崔京宇。

过了 4 天，金社长和崔京宇一起来到市内办公室，并将青青和 Eric 一起叫到会议室开了个小会。参会人员经沟通决定：Eric 的订单中目前还没有申报退税的，全部增值税发票退回重开；对于无法退回的发票，选择免税申报；已经退完税的订单暂且保持目前的状态。崔京宇严肃地叮嘱参会的各位不要将这件事传播开来，保持小范围了解就可以了。金社长取消了 Eric 的一部分出口订单业绩，并要求青青对以后的订单严加审核。青青也得到了一项新授权——外贸公司所有的业务合同必须经过青青同意才可签订。Eric 作为业务副经理，其在业绩上的突出表现本应该让他由副职转成正职，但发生了这些事情，金社长并没有将 Eric 转为正职。考虑到 Eric 毕竟在工作上下了大力气，也给公司带来了不少业务，没有功劳也有苦劳，社长还是在工资上给了 Eric 一些补偿。

这件事就此告一段落，办公室的工作恢复正常。

为了公司业务的正常运作，青青希望 Eric 能想清楚，不要做这种违反国家规定的事情，一旦出现问题，公司就将付出相当大的代价。青青觉得自己只是对事不对人，但她不知道 Eric 是怎么想的。

自尊心强的 Eric 不仅没能转为正职，还在会上被要求改正，觉得很没面子。要说他对青青没有意见是不可能的，不过他暗暗发奋，誓要重整旗鼓，转为正职，抹掉这不光彩的一笔。同时，Eric 也对这个平常笑容满面的姑娘另眼相看，虽然心里十分不舒服，但是他也看到了青青的业务能力。为了在以后的工作中不再发生类似的事情，Eric 在沟通上比以前更主动了一些，当然只限于工作方面的事。

第三篇　守得云开见月明

　　魏青青在工作中不断遇到新的危机和挑战，凭借自己在工作中积累的经验和同事的帮助，她最终都"化险为夷"。魏青青得到了公司领导和同事的认可，并被委以重任。

第十章 / 深层次理解与分析
出口企业退税政策

30%的知识是从书本上学来的，40%的知识是通过实践学来的，剩下30%的知识则要依靠个人的领悟。

第一节　外贸企业的退税政策与实务相结合

现在很多人从事会计工作，是因为他们觉得这个工作稳定性较强，而且相对于其他工作赚钱比较容易。但由于会计从业者越来越多，这个行业从业人员的收入在不断下降。而且，现在的经济环境和劳动力市场对企业和从业者提出了更高的要求，会计从业者的工作压力也越来越大。如何在增加收入的基础上尽可能减少工作量？这需要会计从业者提升自身素质，提高工作的技术含量。财务工作就像一个金字塔：底层工作多、竞争多、收益少，越往高层走，人越少、收益越高，而财务分析管理就是金字塔的顶部。要想从会计行业的最底层做到最高层，需要从业者在做好眼前工作的基础上，掌握相关的非财务知识。例如，做工厂财务工作的会计，不能将眼光局限于财务工作，还要了解生产工艺，这样才能准确地评估产品成本；了解出口合同的各个条款，这样才能对退税流程做出前瞻性的判断；了解商品的属性，这样才能选择合理的退税申报方式。

想要了解这些情况，一是通过看书学习积累知识，二是向有经验的人请教，三是亲自参与实际工作。更重要的是，自己需要用心领会，并提出新的问题、新的见解。

随着市内外贸公司各种业务的不断展开，青青也陆续接触到了更多的业务，并在这个过程中累积了大量经验。对于某些业务的处理方式，青青也有一些自己的独到想法。在日常签订合同的过程中，青青发现 Eric 组的合同大多利润微薄，原因在于签订合同时，跟单员不能准确把握产品的工艺，导致在生产完成品后，经常需要增加深加工环节。虽然通过与客户沟通，这部分的深加工费用可以由客户负担，但由于外贸企业退税政策具有特殊性，相关的深加工发票不享受退税，也不允许抵扣。这就等于增加了企业的成本，导致本来赚钱的合同变成了赚钱少甚至不赚钱的合同。除了深加工发票之外，陆路运输发票也存在类似的问题。

业务员的业绩压力本来就大，面对这种情况，Eric 的压力更是可想而知。青青决定通过周一的例会向 Eric 组提出解决这个问题的方法。

例会上，Eric 坐在青青的对面，按部就班地做着上周业务总结。轮到青青发言的时候，青青也照例做了上周工作总结，之后她阐述了自己的想法。

外贸企业出口货物（委托加工修理修配货物除外）增值税退（免）税的计税依据，是购进出口货物的增值税专用发票注明的金额或海关进口增值税专用缴款书注明的完税价格，即如果在应交增值税账上既有成品发票，也有其他深加工费用的发票，能退税的只有成品发票的金额（见表 10 – 1）。

表 10 – 1　增值税账 1

项目应交增值税账 （进项税外销账）	发票金额 （元）	征税额（元） （征税率 13%）	退税额（元） （退税率 13%）	能否退税
购买牛仔裤 200 条	10 000	1 300	1 300	能
购买后发生水洗费	1 000	130	130	否
购买后发生刺绣费	2 000	260	260	否

如果发生表 10 – 1 中的情况，则只能退 200 条牛仔裤的成品发票上的进项税，而水洗费、刺绣费的进项税都不能退税，也不允许抵扣内销，要直接

计入成本。如果本次出口货物的 FOB 价格是 20 000 元，那么企业利润就是：

20 000 - 10 000 - 1 130 - 2 260 = 6 610 元

如果采用另外一种方式，和直接购进货物的工厂签订"一条龙"合同，由工厂负责水洗、刺绣，由工厂开具一张成品发票 13 000 元，这样应交增值税账上只显示一张成品发票（见表 10 - 2）。

表 10 - 2　增值税账 2

项目应交增值税账 （进项税外销账）	发票金额 （元）	征税额（元） （征税率 13%）	退税额（元） （退税率 13%）	能否 退税
购买牛仔裤 200 条	13 000	1 690	1 690	能

这样操作的话，企业利润就是：

20 000 - 13 000 = 7 000 元

这种方式下，企业利润比第一种方式下多了 390 元。

讲到这里，青青悄悄看向 Eric，发现 Eric 已经两眼放光了。

一开始，Eric 以为青青会对自己组的订单进行风险教育分析，没想到青青说的却是增加利润的方法，这让他喜出望外。日常业务中确实会出现成本增加的情况，既然公司现在用订单利润衡量各个经理的业绩，Eric 就不可能不重视了。

青青继续向 Eric 组指出："由于公司的业务员在与工厂签订合同时没有考虑这么多，我们经常收到深加工费用发票和国外商品运输费用发票，每一票的金额虽然不多，但是一年累计下来就会严重影响企业利润。所以我建议以后最好和工厂签订'大合同'，费用由工厂承担，包含在开具的成品发票内。"

青青提出相应的改进方法后，经过崔京宇的同意、Eric 的贯彻，外贸公司的销售合同都按照新办法签订，这增加了外贸公司的利润点。随着业绩的不断累积，Eric 对青青的态度也由过去的消极应对转变为正常交流。

第二节　生产企业的自产货物与视同自产货物的退税政策及实务分析

对订单退税方案进行完善，青青立了大功。为此，金社长在员工会议上表扬青青道："虽然魏青青到公司不满一年，但她能够在认真做好本职工作的基础上积极思考，提高公司的订单利润，值得大家学习。希望公司各位同仁以此为标杆，积极主动地对公司的各个环节进行分析，提出有效提高公司利润的建议。"崔京宇听了金社长的讲话，心里非常高兴，他觉得自己没有看错青青。

青青被金社长点名表扬，这让赵志刚心里很不是滋味。他心想，青青也算是自己带过的徒弟，她业务进步快也有自己的一份功劳，可公司对他这个师傅一句赞扬的话也没有。另外，金社长说的这些话明显是崔京宇写的，赵志刚感觉崔京宇针对自己，这让他深感不快，准备找机会给崔京宇点儿颜色瞧瞧。

业务部最近接了一票加工西班牙 ROB 品牌运动装的订单，共计 7.4 万套运动装。订单接下来后，业务部经理秦睿发现工厂的加工能力严重不足。工厂生产线只能加工 3.4 万套运动装，需要将余下的 4 万套运动装委托其他工厂生产。秦睿向崔京宇请示可不可以将这 4 万套运动装放到其他工厂加工，崔京宇让他把赵志刚找来，商量一下这样做对退税有没有影响。

赵志刚说可以放到其他工厂加工，只要符合税务政策，视同自产货物就可以退税。

崔京宇知道，生产企业的出口退税业务和外贸企业的出口退税业务在计算方式上有区别，生产企业执行的是免抵退税政策，而外贸企业执行的是免退税政策。

还有一个区别，由于外贸企业没有加工能力，出口的商品不受生产工具限制，只要是国家允许的，都可以出口，因此，税务局在审核退税的时候也相应地严格些；而生产企业由于加工能力有限，只有出口自己加工过的物品，也就是自产货物，才可以享受退税政策，出口没有经过自己加工的物品，也就是非自产货物，要看是否符合视同自产货物的规定，符合则可以享受退税，不符合则可以免税出口但是进项税不能退，也不能抵扣。

崔京宇在工作中比较关注这些货物的加工和来源，原因是前几年工厂没有关注这些，被税务局罚过款。崔京宇记得很清楚，有一次由于工厂的加工能力有限，有些订单是由其他工厂完成的，其他工厂加工成成品后再销售给本工厂，本工厂负责清洗和包装。按理说，工厂参与了这些成品的加工，其应该算作自产货物。

税务局当时的回答是：自产货物指企业利用自身技术与各种资源，自己生产的可供出售的物品。

自产货物也是货物的一种，应该具备一般货物的基本特点：第一，经过企业的加工制造过程，所生产的物品与原来用于生产的原材料物品在形态、性能各方面都发生了变化；第二，产品本身的价值，既包含了物料消耗价值，也包含了人工价值；第三，可以单独作为一种产品对外销售。

根据第一点"经过企业的加工制造过程，所生产的物品与原来用于生产的原材料物品在形态、性能各方面都发生了变化"，即使买进的成品经过清洗、包装并且打上了商标，但是形态、性能并没有发生变化，就不能算自产货物，不能申报退税。

有了前车之鉴，崔京宇在自产货物和视同自产货物的区别上格外注意。这次的订单有 4 万套运动装要在其他工厂生产，崔京宇格外重视，查找相关政策看了又看。

《财政部　国家税务总局关于出口货物劳务增值税和消费税政策的通知》（财税〔2012〕39 号）附件 4 规定，视同自产货物的具体范围如下：

> 一、持续经营以来从未发生骗取出口退税、虚开增值税专用发票或农产品收购发票、接受虚开增值税专用发票（善意取得虚开增值税专用发票除外）行为且同时符合下列条件的生产企业出口的外购货物，可视同自产货物适用增值税退（免）税政策：
>
> （一）已取得增值税一般纳税人资格。
>
> （二）已持续经营 2 年及 2 年以上。

（三）纳税信用等级 A 级。

（四）上一年度销售额 5 亿元以上。

（五）外购出口的货物与本企业自产货物同类型或具有相关性。

二、持续经营以来从未发生骗取出口退税、虚开增值税专用发票或农产品收购发票、接受虚开增值税专用发票（善意取得虚开增值税专用发票除外）行为但不能同时符合第一条规定的条件的生产企业，出口的外购货物符合下列条件之一的，可视同自产货物申报适用增值税退（免）税政策：

（一）同时符合下列条件的外购货物：

1. 与本企业生产的货物名称、性能相同。

2. 使用本企业注册商标或境外单位或个人提供给本企业使用的商标。

3. 出口给进口本企业自产货物的境外单位或个人。

（二）与本企业所生产的货物属于配套出口，且出口给进口本企业自产货物的境外单位或个人的外购货物，符合下列条件之一的：

1. 用于维修本企业出口的自产货物的工具、零部件、配件。

2. 不经过本企业加工或组装，出口后能直接与本企业自产货物组合成成套设备的货物。

（三）经集团公司总部所在地的地级以上税务局认定的集团公司，其控股（按照《公司法》第二百一十七条规定的口径执行）的生产企业之间收购的自产货物以及集团公司与其控股的生产企业之间收购的自产货物。

（四）同时符合下列条件的委托加工货物：

1. 与本企业生产的货物名称、性能相同，或者是用本企业生产的货物再委托深加工的货物。

2. 出口给进口本企业自产货物的境外单位或个人。

3. 委托方与受托方必须签订委托加工协议，且主要原材料必须由委托方提供，受托方不垫付资金，只收取加工费，开具加工费（含代垫的辅助材料）的增值税专用发票。

（五）用于本企业中标项目下的机电产品。

（六）用于对外承包工程项目下的货物。

（七）用于境外投资的货物。

（八）用于对外援助的货物。

（九）生产自产货物的外购设备和原材料（农产品除外）。

国家税务总局公告 2013 年第 65 号《国家税务总局关于出口货物劳务增值税和消费税有关问题的公告》将视同自产货物具体范围第二条第（二）点中的"成套设备"改为了"成套产品"："生产企业外购的不经过本企业加工或组装，出口后能直接与本企业自产货物组合成成套产品的货物，如配套出口给进口本企业自产货物的境外单位或个人，可作为视同自产货物申报退（免）税。生产企业申报出口视同自产的货物退（免）税时，应按《生产企业出口视同自产货物业务类型对照表》（附件 3），在《生产企业出口货物免、抵、退税申报明细表》的'业务类型'栏内填写对应标识，主管税务机关如发现企业填报错误的，应及时要求企业改正。"

凡是视同自产货物的货物，在退税申报系统中申报时都必须在业务类型代码中加上"STZC –（01、02、03……）"（见图 10 – 1）。

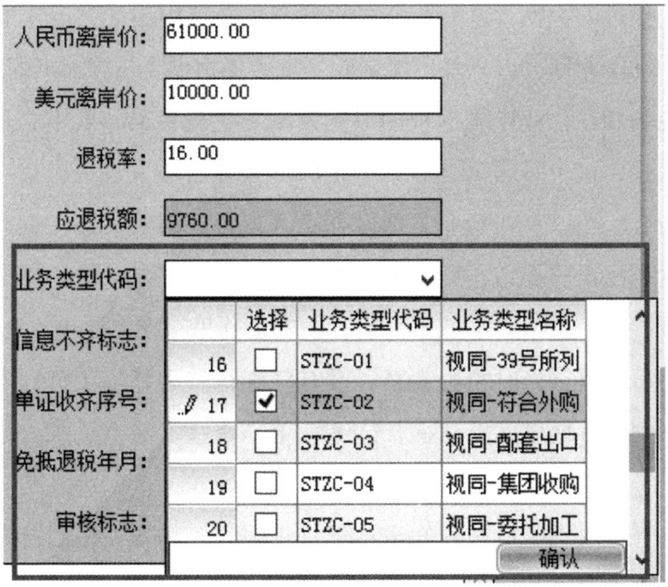

图 10 – 1　视同自产货物的业务类型代码

而委托加工是指，因为货物需求量大，工厂自己加工不完，将原材料调到其他工厂进行加工。另外，有些工厂加工后的成品货物，如衣服类，需要水洗、刺绣等，这种情况是再委托深加工。

需要注意的是，在做委托加工的时候，工厂一定要有两张发票，一张是采购原材料的发票，另一张是受托方开具的加工费发票。如果一不小心开成一张成品增值税专用发票的话，就不能算作委托加工业务了。

崔京宇把政策理顺后，结合工厂自己组料的实际情况，想到如果要用视同自产货物的符合外购政策，就必须将国内原材料平价销售给其他工厂，这样会使企业收入虚增。所以还是视同自产货物的委托加工比较合适。

崔京宇决定后，就打电话让赵志刚按照视同自产货物的委托加工类型来执行。赵志刚接电话说正在外面办事，电话听不清楚，请崔京宇发电子邮件到他的邮箱，等他回到工厂后再确认。回到工厂后，赵志刚将崔京宇的电子邮件转发给了业务部经理秦睿。

几个月后，货物要出口的时候，问题不期而至：在这4万套运动装里有13 500套运动羽绒服。羽绒服是大连布罗森服装有限公司从来没有加工过、出口过、申报过的货物，这不符合视同自产货物范围中的"与本企业生产的货物名称、性能相同，或者是用本企业生产的货物再委托深加工的货物"。

如果税务局在企业申报退税的时候发现了这批商品，就不会退税。按正常的业务流程，这个问题只有等到申报的时候才会被发现，崔京宇能提前发现也算是巧合。崔京宇在和业务部经理秦睿谈话的时候，顺便询问了本次订单还有多少产品没有出口，秦睿说就剩羽绒服没有出口。崔京宇对公司生产的货物有所了解，听见"羽绒服"后，便知道这里存在大问题。

崔京宇后悔自己当时粗心大意，没有仔细检查委托加工合同中的商品明细。赵志刚则在背地里幸灾乐祸，这笔订单是崔京宇在电子邮件中确认过并同意了的。

崔京宇怀疑赵志刚最初就知道这笔订单里有羽绒服，原因是秦睿曾经向赵志刚报过这批商品的出口明细，但赵志刚报给自己的明细里，"羽绒服"恰好在第二页纸最上面，不容易被发现，也怪自己当时没有仔细看。现在说什么都是徒劳，而且赵志刚事先请示过自己，如果出现问题，责任都可以推到自己身上。赵志刚就算有责任，也可以推脱说业务部没交代清楚。

作为一起来到布罗森的伙伴，赵志刚这一次做得可真的有点儿过分了。布罗森运行7年，虽然业务量尚可，但随着经济疲软在全世界蔓延以及中国劳动力成本逐渐提高，公司上下都在想办法开源节流。总公司为了寻找新出路不断做出尝试，甚至为了锁定客户接微利的订单，可是公司内部却因一些无厘头的原因造成本不该有的损失，这让崔京宇这个副总深感失望。同时，面对这段时间以来企业总体业绩不佳的情况，崔京宇感觉自己的地位岌岌可危。如果说崔京宇原本对赵志刚的态度是头疼，这一次崔京宇可真得将这笔账好好记下了。

赵志刚的事情以后再说，眼下最要紧的是这批订单如何顺利出口申报退税。如果这批货物无法退税，只能免税申报了。这样的话，相关的进项税也要记入成本，会给公司造成比较大的损失。

正当崔京宇一筹莫展的时候，青青来到工厂汇报工作。看到崔京宇满面愁容，青青关心地询问有没有需要她帮忙的，崔京宇便将事情的来龙去脉告诉了青青。

青青听崔京宇说完，略微思考后便问："崔总，这些货物如果工厂不能出口的话，放到外贸公司出口行吗？"

崔京宇纳闷："外贸公司？"

"既然这个订单不符合生产企业视同自产货物委托加工的政策，那就让咱们工厂再开具发票内销给外贸公司好了。由外贸公司退税，就不受'与本企业生产的货物名称、性能相同'这条规定的限制了。"

崔京宇恍然大悟："我怎么没想到呢？我们不是还有个外贸公司吗？这样的话，和西班牙客户签订的出口合同的销售方也要改成FH贸易公司，好在这次是T/T付款。我和业务部的秦睿说一下，等下我把资料转给你。"

青青点头说知道了，把来工厂要办的事情办完后便回市内办公室了。

虽然之后的手续比较麻烦，但是在崔京宇和业务部主管秦睿沟通后，商请客户修改了合同，由外贸公司负责出口申报，这次危机总算顺利化解了。

青青想，如果生产企业出口的不是自己生产的货物，货物不能被认定为视同自产货物的话，可以免税出口，但是相应的进项税是不退的。这样，进项税就要转入成本，就会给企业造成利润上的损失。所以，只有业务员在一开始签订合同的时候就把这些政策考虑进去，才不至于在出现问题后再补救。这就要求业务员和跟单员掌握一些财务方面的实用知识。

青青把自己的想法报告给崔京宇："业务员和财务人员工作的最终目的是给企业创造利润，但这些工作人员有时候互不来往，导致双方无法沟通，最终造成公司利润损失或者退税工作不顺利，我觉得有必要让大家坐在一起相互交流、相互学习。"

"嗯，你说得很对。"崔京宇赞同道，"就像上次 Eric 出现的问题，我事后也和他沟通过。他的用心是好的，但是他对相关政策不太熟悉，不能像会计那样思考问题。我们有些财务人员对业务员有关政策的讲解也不太到位，很容易理论化。所以也不能全怪业务员，毕竟他们没有财务知识，很难理解。这次我们工厂出现的西班牙客户订单的问题也与业务部门对具体政策没有把握好有关。说业务员做事不严谨，也确实冤枉了他们，可是如果业务部能事前向财务部说明有部分商品是工厂从来没加工过的，就不会造成申报退税时的困难。所以，两个部门很有必要互相学习。"

说到这儿，崔京宇看向青青："魏会计，这项工作就交给你了。你负责归纳一下出口退税的政策和理论，理出一个大纲，将一些退税风险用形象、生动、通俗的语言向大家介绍一下，这样有助于业务员更好地掌握整个流程。"

"我？"青青提出这个建议时，知道财务部肯定要为此做一番准备。她原本以为公司有老会计赵志刚在，应该由赵志刚带领各位会计准备培训。

"对，你。"崔京宇微笑着看着青青。

"我能行吗？"青青本想说有赵会计在，自己做不合适之类的话，不过看崔总坚定的样子，青青觉得还是把这项工作接下来吧。赵志刚是一个做事谨慎的人，可是上一次西班牙客户的订单出了那样的问题，很难说他当时是不是真的没有想到这样的解决办法。

"都是自己的同事，试一试，你算是抛砖引玉。"崔京宇鼓励青青道。

"那好，我先试试。"青青谦虚地说道。

第三节　出口货物退税、免税、征税的实务分析

如何通俗易懂地向业务员讲解不同出口业务对利润的影响呢？青青知道光说理论肯定不行，一定要举实例，通过不同例子的比较，让大家看到不同的结果，用事实说话肯定更具有说服力。

培训定在周三下午，全体财务人员和业务员坐在一起，开始进行第一次有关财务政策的沟通交流。

崔京宇做了开场白："这次培训是一个交流会，目的是完善出口退税业务流程，规避风险，提升企业盈利空间。先由魏青青对出口业务和财务政策的一些交叉点做分析和讲解，魏会计讲完后，大家再根据自己日常工作中遇到的问题进行讨论。"

青青走到会议室的讲台，一抬头看到金社长也坐在后面，有点儿紧张。青青没想到坐在第一排的竟是 Eric，当青青看向 Eric 时，他朝青青点了点头。

"一个企业出口货物的最终目的是盈利，这一点是不容置疑的。对于能够出口的货物，一共有 3 种可能发生的税务处理方式，第一种是出口货物既免税也退税，第二种是出口货物出口免税但是不退税，第三种是出口货物出口征税。这 3 种处理方式对企业出口货物的利润影响是不同的。"

青青举例说明。假设出口报关单上货物的 FOB 价格是 226 元，购进原材料不含税价格 100 元，进项税 13 元，退税率 13%，没有内销。出口后的货物或者有退税，或者免税不退税，或者视同内销征税，这对企业的利润会有不同的影响，如表 10 - 3 所示。

表 10 - 3 3 种处理方式对企业利润的影响

处理方式	销项税	进项税	利润（元）
出口退税	免税	退	226 - 100 = 126
出口免税	免税	转为成本	226 - 113 = 113
出口征税	计提	允许抵扣	200 - 100 = 100

从利润的多少来看，出口退税的利润要大于出口免税的利润，出口免税的利润要大于出口征税的利润。讲完这一段，青青看向大家，问："大家对这个问题有什么不明白的吗？"

第四节 出口货物退税、免税、征税在各种条件下的单证准备

Eric 首先提问："这个道理大家都明白，但是我们怎么能准确地知悉到底哪些货物或者业务是免税的、哪些是征税的？"

青青说："这个问题我马上就要讲。"她将生产企业出口业务和货物中哪些属于退税、免税和征税归纳出了几个要点。

首先，要看出口货物能否取得相关单证，其中包括出口需要的各类单证（见表 10 - 4）。

表 10 - 4 出口货物应取得的相关单证

出口主体	退税必要单证	免税必要单证	征税必要单证
生产企业	出口报关单退税专用联	没有退税联，但有出口报关单其他联次	无报关单、无发票
外贸企业	出口报关单退税联、增值税发票抵扣联	没有退税联，但有出口报关单其他联次；或者没有增值税专用发票，但有普通发票	无报关单、无发票，比如样品没有报关出口、快递出口

其次，出口退税还需要一些后期准备的单证（见表10-5），如果这些单证没有准备齐全，税务局会对这笔货物申报予以不退税处理，或者已退完税的货物补交退税款，转而适用一些免税和征税的政策。所以，业务员不能认为货物出口后，产品没有质量问题就万事大吉了，业务员还需要协助财务人员取得相关凭证，否则会给公司造成利润损失。

表10-5 出口退税后期准备单证

出口主体	退税必要单证（后期）
生产企业	单证备案（出口和购货合同、提单、运单、场站收据等）
外贸企业	收汇水单，或者在某些情况下无收汇但是视同收汇，比如产品出现质量问题等

最后，如果生产企业既能准备好相关单证又能收汇，还要看货物是否符合退税等相关条件（见表10-6）。

表10-6 退税免税、征税条件

出口货物	适用退税	适用免税	适用征税
自产货物	有退税率商品	退税率为0的商品，出口退税系统的特殊商品标志为2	退税率为0的商品，出口退税系统的特殊商品标志为1
非自产货物	视同自产货物	非视同自产货物	以自产货物进行申报
原材料	生产自产货物的原材料	没有用于自产货物的原材料	以自产货物进行申报
生产设备、流水线	生产自产货物的设备	普通发票购买的设备或没有用于生产自产货物的设备	以自产货物进行申报

在相关单证都能保证收齐的情况下，再看货物出口属于哪一项，是退税、免税，还是征税。这样业务员在签订合同的时候，就能对本次出口货物的利润状况有一个具体的了解。

青青又介绍了几个和业务相关的政策，并举例说明，大家纷纷点头。

"好了，本期的内容就到这里，大家有什么不明白的，可以问我。"青青讲完后看看崔京宇。

崔京宇说："现在大家可以互相交流了。"

Eric 第一个发言："这次的交流会办得特别好。因为平常都是财务人员管税收，业务人员管利润，所以说到合同执行的时候，彼此经常不在同一个频道上。这样的培训交流能使大家更了解对方的想法，避免日常工作中出现问题。"

秦睿也点头说："对，两个部门以后多交流，业务上就不会出现那么多问题。"

业务部的两个经理——经理秦睿和副经理 Eric 都肯定了此次培训的作用，其他业务员也提出了在业务上遇到的问题，青青一一进行了解答，并对平常贸易中涉及的财务问题提出了一些看法，业务部也对财务部的提问做出了回应。

业务部在交流会中提出了一些有难度的问题，比如在加工贸易的选择上，是选择进料加工还是来料加工等。有些问题的答案青青也没有想好，她表示之后多整理些资料，再与大家交流。最近工厂的进料加工出口业务量有所增加，青青想利用这个机会多接触一下，将加工贸易相关业务彻底理顺。

第十一章 / 认真对待每一次遇到的退税问题

每个行业都有低难度和高难度的业务问题，有问题不可怕，可怕的是丢掉了解决问题的勇气和智慧。

第一节　崔京宇眼中的加工贸易种类及区别

进料加工业务的退税申报是生产企业退税业务中手续比较复杂的。每年2月到4月是各个生产性的出口企业手册核销的时候，由于业务量加大，容易出现错误。另外，近年来国家税务总局对进料加工业务做了大范围的政策调整，很多进料加工业务的办理政策都发生了变化。青青这样的新手只有先甄别手里的进料加工业务资料，才能进行下一步的学习。

想要理解进料加工，得从了解外贸公司的来料加工开始，来料加工和进料加工同属于加工贸易。什么叫作加工贸易呢？进料加工和来料加工的计算方式具体又有哪些不同？青青带着许多疑问走向崔京宇的办公室。

崔京宇在加工企业工作多年，对进料加工业务要比青青熟悉得多。崔京宇正好有时间，便跟青青耐心解释。根据海关总署令第219号《中华人民共和国海关加工贸易货物监管办法》规定，加工贸易是指经营企业进口全部或者部分原辅材料、零部件、元器件、包装物料（以下简称料件），经过加工或者装配后，将制成品复出口的经营活动，包括来料加工和进料加工。

青青向崔京宇请教："通常说的'两头在外'就是指原材料由境外提供，

制造出的成品最后出口境外？"

崔京宇回答："没错。原材料的进口方式一般有 3 种，分别是一般贸易进口、来料加工进口、进料加工进口。这 3 种进口方式有几个不同点，计算退税的方式也各有不同。我以前归纳了一个表格（见表 11 - 1），你可以看看。"

表 11 - 1　3 种原材料进口方式退税方式的不同点

原材料进口方式	不同点			
	成品的销售地点	进口原材料的关税、增值税、消费税的征缴方式	成品出口后退税计算方式	成品所有权的归属
一般贸易进口	在国内加工成品成品在国内销售	征收进口关税、进口增值税（如属于消费税商品，征收消费税）	成品耗用的国内、国外原材料进项税参与免抵退税的计算，出口全部免税	所有权属于国内公司
来料加工进口	在国内加工成品成品出口到国外	全额或者部分保税（免征关税和进口增值税）	成品耗用的国内原材料进项税不退税、不抵扣、记入成本，出口全部免税	所有权属于国外公司
进料加工进口	在国内加工成品成品出口到国外	全额或者部分保税（免征关税和进口增值税）	成品耗用的国内原材料进项税参与免抵退税的计算，出口全部免税	所有权属于国内公司

青青拿到表格，认真看了一会儿说："这里面说的不同点我大概了解了，但具体是如何计算的呢？"

崔京宇耐心地举例子给青青讲解。假设生产企业采用一般贸易进口，A 原材料的进口价格大概是 1 000 元，关税率是 10%，进口增值税率是 13%，国内采购原材料 500 元，进项税 65 元，加工后一般贸易出口的成品 FOB 价格是 2 000 元，征税率是 13%，退税率是 13%。

相关会计分录及计算过程如下：

1. 购进国外原材料：

进口关税 1 000×10% =100 元

进口增值税（1 000 +100）×13% =143 元

借：原材料——进口材料	1 100	
应交税金——应交增值税（海关进口增值税）	143	
贷：应付账款——国外客户		1 000
银行存款		243

2. 购进国内原材料：

借：原材料——国内材料	500	
应交税金——应交增值税——进项税	65	
贷：银行存款		565

3. 结转成本：

借：生产成本	1 600	
贷：原材料——国外		1 100
——国内		500
借：库存商品	1 600	
贷：生产成本		1 600
借：主营业务成本	1 600	
贷：库存商品		1 600

4. 加工成品出口后：

借：应收账款	2 000	
贷：主营业务收入—— 一般贸易		2 000

5. 单证信息齐全后计算退税：

（1）计算免抵退税不得免征和抵扣税额

免抵退税不得免征和抵扣税额 = 当期出口货物离岸价 × 外汇人民币牌价 ×（出口货物征税率 – 出口货物退税率）= 2 000 ×（13% – 13%）= 0 元

（2）计算期末留抵税额

期末留抵税额 = – ［销项税额 – （进项发生额 – 进项税额转出）］ = –

$[0 - (143 + 65 - 0)] = 208$ 元

（3）计算免抵退税额

免抵退税额 = 出口货物离岸价 × 外汇人民币牌价 × 出口货物退税率 = 2 000 × 13% = 260 元

（4）计算应退税额

由于期末留抵税额小于免抵退税额，所以应退税额 = 期末留抵税额 = 208 元

（5）计算免抵税额

免抵税额 = 260 - 208 元 = 52 元

6. 退税：

借：应收账款——退税款		260
贷：应交增值税——出口退税		260
借：应交增值税——免抵税额		52
贷：应交增值税——出口退税		52

这种情况下，企业利润 = 2 000 - 1 600 = 400 元。这是生产企业一般贸易的利润计算。

青青心想，在这方面，生产企业一般贸易和正常企业日常贸易没有什么不同，只不过企业在采购国外原材料的时候增加了关税成本。

崔京宇接着举例，假设生产企业采用进料加工方式进口，海关采取关税和进口增值税全额保税，A 原材料进口价格是 1 000 元，海关保税，无关税、无进口增值税，国内采购原材料 500 元，进项税 65 元，加工后出口的成品 FOB 价格是 2 000 元，征税率是 13%，退税率是 13%。

相关会计分录及计算过程如下：

1. 购进国外原材料：

借：原材料		1 000
贷：应付账款——国外客户		1 000

2. 购进国内原材料：

借：原材料——国内材料		500

应交税金——应交增值税——进项税   65

      贷：银行存款   565

3. 结转成本：

  借：生产成本   1 500

      贷：原材料——国外   1 000

            ——国内   500

  借：库存商品   1 500

      贷：生产成本   1 500

  借：主营业务成本   1 500

      贷：库存商品   1 500

4. 加工出口后：

  借：应收账款——国外某客户   2 000

      贷：主营业务收入——进料加工出口   2 000

5. 单证信息齐全后计算退税：

（1）计算免抵退税不得免征和抵扣税额

免抵退税额不得免征和抵扣税额抵减额 = 免税进口料件组成计税价格 × （出口货物征税率 - 出口货物退税率） = 1 000 × （13% - 13%） = 0

免抵退税不得免征和抵扣税额 = 当期出口货物离岸价 × 外汇人民币牌价 × （出口货物征税率 - 出口货物退税率） - 免抵退税不得免征和抵扣税额抵减额 = 2 000 × （13% - 13%） - 0 = 0

（2）计算期末留抵税额

期末留抵税额 = - ［销项税额 - （进项发生额 - 进项税额转出）］ = - ［0 - （65 - 0）］ = 65 元

（3）计算免抵退税额

免抵退税额抵减额 = 免税进口料件组成计税价格 × 外汇人民币牌价 × 出口货物退税率 = 1 000 × 13% = 130 元

免抵退税额 = 出口货物离岸价 × 外汇人民币牌价 × 出口货物退税率 - 免抵退税额抵减额 = 2 000 × 13% - 130 = 130 元

（4）计算应退税额

由于期末留抵税额小于免抵退税额，所以应退税额＝留抵税额＝65元

（5）计算免抵税额

免抵税额＝免抵退税额－应退税额＝130－65＝65元

6. 退税：

借：应收账款——出口退税款　　　　　　　　　　　65

　　贷：应交增值税——出口退税　　　　　　　　　　　　65

借：应交增值税——免抵税额　　　　　　　　　　　65

　　贷：应交增值税——出口退税　　　　　　　　　　　　65

这种情况下，企业利润＝2 000－1 000－500＝500元。

进料加工的业务多了两个抵减额，一个是不得免征和抵扣税额抵减额，一个是免抵退税额抵减额。青青想不出为什么，便问："为什么会出现两个抵减额呢？"

崔京宇解答："这是因为咱们免抵退税计算的前提条件是这个成品所耗用的原材料都是有进项税的。然而，进料加工的原材料由于海关免征进口增值税，因此出口的成品离岸价格就必须减去所耗用的免征进口增值税原材料的价格，否则出口的离岸价格就是虚增的，计算免抵退税就会出现不准确的情况。"

"我明白了。"青青点头说道。

崔京宇接着说："这个案例说明，在同样的物耗前提下，以进料加工的方式加工成品出口的利润比一般贸易进口原材料然后加工成品出口的利润要多，是吧？"

青青说："是，一般贸易进口，海关要征收关税，关税要计入成本，而进料加工时没有关税。如果改成来料加工，利润会有什么变化吗？"

"你的思维还挺跳跃的，这就跑到来料加工上了。"崔京宇笑道，又接着讲下去。

来料加工贸易和进料加工贸易的共同之处在于原材料都来自国外，加工后成品也都销往国外市场。它们的不同之处在于：在进料加工贸易中，进口

料件和出口成品是两笔独立的交易，进料加工的企业需自筹资金从国外购入料件，然后自行向国外市场销售；来料加工贸易进、出为一笔交易，料件和成品的所有权均归委托方所有，承接方无须支付进口费用也不承担销售风险。二者最根本的区别是，来料加工和进料加工退税计算的方式是不同的。来料加工是免税出口，进项税计入成本；而进料加工是免税出口，进项税可以退税。

将之前的那个案例稍做修改。假设 A 原材料来料加工进口 1 000 元，国内耗用原材料 500 元，进项税 65 元，来料加工出口的成品 FOB 价格是 2 000 元，其中工缴费 1 000 元，征税率是 13%，退税率是 13%。

由于来料加工的原材料属于客户，因此不计价，借记"外商来料"表外科目就可以，不考虑国外进口材料进入生产成本。

相关会计分录及计算过程如下：

1. 购进国内原材料：

借：原材料	500	
进项税	65	
贷：银行存款		565

2. 结转成本：

借：生产成本	500	
贷：原材料		500
借：库存商品	500	
贷：生产成本		500

3. 免税货物进项税不许抵扣，需要结转进入成本：

借：主营业务成本	500	
主营业务成本——免税货物进项税转出	65	
贷：库存商品		500
应交增值税——进项税转出		65

4. 出口后确认收入：

借：应收账款——国外客户	1 000	

贷：主营业务收入——来料加工收入　　　　　　　1 000

这种情况下，企业利润 = 1 000 – 500 – 65 = 435 元。

"来料加工确实简单，只要考虑进项税转出就行了。这么看来，同样的物耗，采用一般贸易方式的利润是 400 元，采用来料加工方式的利润是 435 元，采用进料加工方式的利润是 500 元。可不可以这么认为，进料加工比其他业务方式要赚钱？"青青在心里盘算一番后，立刻向崔京宇提出问题。

崔京宇摇摇头说："不能这么认为。通常，计算利润时还要考虑几个变量，比如物耗率的大小、退税率的大小、国内国外原材料采购的多少等，绝对不能一概而论，要经过具体计算。"

他又给青青举了一个案例，进一步讲解。假设 A 原材料进料加工进口 1 000 元，国内耗用原材料 500 元，进项税 65 元，进料加工出口的成品 FOB 价格是 2 000 元，征税率是 13%，退税率是 5%。

相关会计分录及计算过程如下：

1. 购进国外原材料：

借：原材料　　　　　　　　　　　　　　　　　1 000

　　贷：应付账款——国外客户　　　　　　　　　1 000

2. 购进国内原材料：

借：原材料——国内材料　　　　　　　　　　　500

　　应交税金——应交增值税——进项税　　　　65

　　贷：银行存款　　　　　　　　　　　　　　565

3. 结转成本：

借：生产成本　　　　　　　　　　　　　　　　1 500

　　贷：原材料——国外　　　　　　　　　　　1 000

　　　　　　——国内　　　　　　　　　　　　500

借：库存商品　　　　　　　　　　　　　　　　1 500

　　贷：生产成本　　　　　　　　　　　　　　1 500

借：主营业务成本　　　　　　　　　　　　　　1 500

　　贷：库存商品　　　　　　　　　　　　　　1 500

4. 加工出口后：

借：应收账款——国外某客户　　　　　　　　2 000

　　贷：主营业务收入——进料加工出口　　　　　　2 000

5. 单证信息齐全后计算退税：

（1）计算免抵退税不得免征和抵扣税额

免抵退税不得免征和抵扣税额抵减额＝免税进口料件组成计税价格×（出口货物征税率－出口货物退税率）＝1 000×（13%－5%）＝80元

免抵退税不得免征和抵扣税额＝当期出口货物离岸价×外汇人民币牌价×（出口货物征税率－出口货物退税率）－免抵退税不得免征和抵扣税额抵减额＝2 000×（13%－5%）－80＝80元

（2）计算期末留抵税额

期末留抵税额＝－［销项税额－（进项发生额－进项税额转出）］＝－［0－（65－80）］＝－15元（本月有应纳税额，没有留抵税）

（3）计算免抵退税额

免抵退税额抵减额＝免税进口料件组成计税价格×外汇人民币牌价×出口货物退税率＝1 000×5%＝50元

免抵退税额＝出口货物离岸价×外汇人民币牌价×出口货物退税率－免抵退税额抵减额＝2 000×5%－50＝50元

（4）计算应退税额

期末留抵税额为0，所以应退税额＝留抵税额＝0

（5）计算免抵税额

免抵税额＝免抵退税额－应退税额＝50－0＝50元

6. 退税：

借：主营业务成本——不抵扣税额　　　　　　80

　　贷：应交增值税——进项税转出　　　　　　　80

借：应交增值税——免抵税额　　　　　　　　50

　　贷：应交增值税——出口退税　　　　　　　　50

这种情况下，企业利润＝2 000－1 000－500－80＝420元。

在物耗率一致的情况下，退税率发生改变，进料加工下企业利润变成了420元，而来料加工不受退税率的影响，利润还是435元。所以需要考虑所有的变量后再进行有效的出口方式选择。

通过崔京宇详尽地举例分析，青青感觉受益颇多。

崔京宇说："我刚才举的例子都非常简单，实际业务要复杂得多。有些退税系统上的操作我也不是很明白，所以我们还需要加强实务操作方面的学习。"

青青点头说："我会的。通过您今天的讲解，我觉得我已经入门了，就差一跃了。"

崔京宇笑道："好，我等你一跃！"

第二节　几颗珍珠引发的骗税猜想

崔京宇交代着下一步的工作计划，青青仔细地听并且不时地记录着。正在这个时候，金社长带着客人路过崔京宇的办公室门口，看见崔京宇和魏青青也在，便朝里招招手说："崔部长，来趟我办公室，小魏不忙的话也来吧。"

来到办公室，金社长说："崔部长，这是郑社长介绍的朋友李总。李总拿了个大订单给我们，出口欧洲6 000件女士衬衫，每件衬衫出口价格为420元，价值200多万的订单呢，以后可有你忙的了。回头你和贸易部的Kath（凯思）碰一下有没有需要配合的地方。"

崔京宇点点头道："好的，我们财务部全力配合。不过，这个衬衫是比较贵的，我们平常出口价格也就是100元左右。"

魏青青也疑惑地望向李总。接触服装厂大半年时间，有关服装的报价青青也明白一些，这个价格的确贵得离谱。

李总笑着对崔京宇和青青说："一般工厂都嫌客户出的价格低，你们还嫌客户的价格高了，还是年轻啊！这个衬衫的材料成本在这儿摆着呢。"

还未等李总说完，金社长便让魏青青去贸易部找Kath先沟通一下出口合同，争取今天就签了。崔京宇也点头示意青青仔细考虑。

来到贸易部和 Kath 对合同的一些要点进行了简单的交流之后，青青便问 Kath：“听李总说，这个衬衫成本比较高，是面料贵吗？”

Kath 说：“面料价格一般，主要是衬衫的装饰品比较贵。”

“什么装饰品那么贵？”青青问。

“珍珠，客户要求在胸前必须镶嵌一排珍珠。这个成本比较高，占了我们采购原材料成本的90%，并且还得在李总指定的珍珠供应商那里采购。虽然社长不太愿意，但是算了一下退税，我们是赚钱的，所以就准备签订这个合同。只要咱俩没问题，他们一会儿就可以签了。”

“原来是这样。你核算毛利润的时候，用的是哪档退税率？”

“13%。2019年4月之后征税率下调为13%，衬衫的退税率不也随着降为13%吗？再怎么说我也是老业务员了，还会犯错吗？”

“你不能用13%的退税率算，要用6%的退税率算。”

Kath 疑惑地看着青青：“你不是糊涂了吧，怎么能用6%呢？国家税务总局最近没降低衬衫的退税率啊？”

青青认真地说：“是这样的，根据《财政部 国家税务总局关于以贵金属和宝石为主要原材料的货物出口退税政策的通知》（财税〔2014〕98号），出口企业和其他单位出口的货物，如果其原材料成本80%以上为贵金属和宝石的，则应按照成本占比最高的原材料的增值税、消费税政策执行。也就是说，虽然衬衫的退税率是13%，但是珍珠的成本占比超过了80%，只能执行珍珠的退税率6%。所以你用6%算这笔订单的毛利润才是最准确的。”

Kath 睁大眼睛说：“什么意思？我完全没听懂。”

青青仔细解释道：“举个例子，我们生产一件衬衫，成本是100元。其中面料成本是80元，其他生产成本20元。那么，它的出口退税率是13%。接下来，这件衬衫的成本增加到600元。其中面料成本还是80元，其他生产成本也还是20元，还有500元的成本不是面料的，而是珍珠的。这样珍珠的成本就占整个成品成本的（500÷600）×100%≈83.33%，超过了80%。那么，这件衬衫的出口退税率就是6%。”

Kath 这才明白过来："我知道了。这就像我，如果身体中的 80% 都换成了机械装置，那我就不是人了，而是机械人了。"

青青捂着嘴笑："你以为你是《复仇者联盟》里的星云啊？不过你理解得差不多。"

Kath 拿起计算器仔细地比对了一下："幸亏你提醒我还有这个政策。这样一算，咱们不仅一分钱不赚，还得倒贴。我得赶紧去找社长汇报，看看李总的价格能不能再提高些。"Kath 说着便急急忙忙跑了出去。

一会儿工夫，Kath 回到自己办公室。这时候青青还在梳理合同的一些要点，Kath 对她说："社长让你过去一趟。"

青青低着头，一边整理资料一边说："等一下啊，这个合同涉及财务的内容我得过一会儿才能整理好，整理好就过去。"

"别整理了，李总都走了，你先去吧。"

"不是说好今天签合同吗？"

青青内心非常忐忑，是不是和自己刚刚跟 Kath 说的事情有关？自己说错话了吗？带着疑惑，青青走进了社长办公室。这时候金社长正背对着青青，看不到他的面部表情。崔京宇先开了口："青青，你判断的这个业务风险很准确，我也感觉这个订单有问题。刚才 Kath 跟我说你提到的政策，我就全对上了。"

青青问崔京宇："考虑到退税，我们退不了那么多的话，李总的价格还能再高点吗？"

崔京宇刚想回答，金社长回过头道："怎么可能？一听我们说退税率 6% 的事儿，他就站起来说回头考虑下，然后先走了。我看这家伙就是……"

金社长说了几句韩语，青青听不懂，但是看金社长撇嘴的表情就知道不是什么好话。

第三节　查询不到电子信息

从第一次申报退税算起已经半年了，时间来到了 2024 年 4 月，青青对于外贸企业日常申报退税的工作已经得心应手。

2023 年所有出口业务相关的退税工作已经完成得差不多了，但是有一票 2023 年 12 月的出口报关单，它所对应的供货企业的增值税专用发票迟迟没有稽核电子信息。青青打电话询问供货商是不是没有抄税或者有其他什么原因，但是对方回复没有特殊情况发生，一切正常。电子信息比对不通过的情况过去也偶尔发生，但是都不会拖延太久，而这次时间已经很长了。小高告诉过青青，这种情况一般是国家税务总局在传输发票电子信息的时候将数据包丢失了。

为了验证是否是这种情况，首先要分析是不是自己录入错误导致比对不成功。青青检查了录入情况，把录入错误的情况排除了。

录入没问题的话，再检查需要申报出口退税的进项发票。一定要做出口退税勾选，未做出口退税勾选则没有电子信息，就无法申报退税。注意，不要将发票用途勾选为抵扣。

出口报关单受理状态可以通过登录中国电子口岸的"出口退税联网稽查系统"—"出口报关单查询下载"查询。当状态显示为"税务总局接受失败"，需要点击"重新发往税务总局"；当状态显示为"税务总局接受成功"，才是正常的。

青青排除了以上几种情况，确定为国家税务总局传输发票电子信息丢失了。青青暗自伤神，感叹这么点儿背的事儿也能被自己遇到。

青青只能按照小高的指点，将发票数据录入退税系统，请求税务局给予帮助。

青青打开外贸企业出口退税申报系统，选择"202403"的所属期，进行登录。

进入出口退税申报系统后，找到其他申报向导第一栏"其他申报数据采集"中的"出口信息查询"（见图 11-1），点击进入。

打开页面后，点击"增加"（见图 11-2）。凭证种类，如果是报关单就选择报关单，如果是发票就选择发票。需要录入的数据比较简单，就是号码、开具日期等，录入后保存即可。

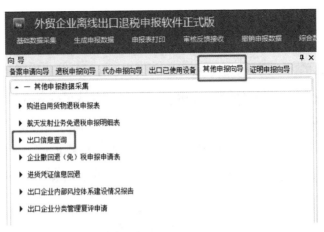

图 11 - 1　其他申报数据采集—出口信息查询

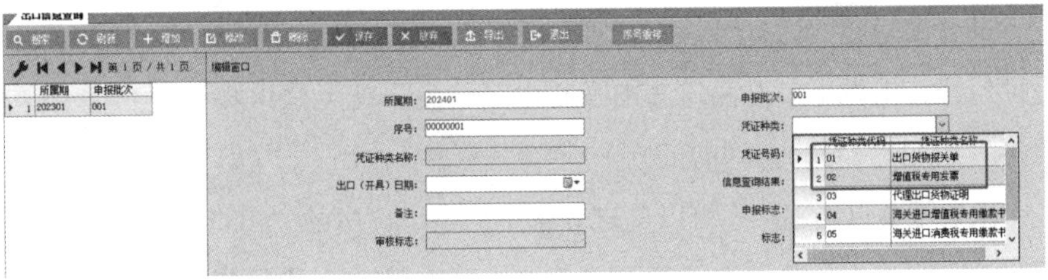

图 11 - 2　出口信息查询页面

　　然后将生成的电子数据上传到平台正审，至于什么时候电子信息才能到，只有看运气了，反正这次退税申报是没有办法在 2024 年 4 月的征期结束之前申报完了。尽管超期后也可以在以后的月份继续申报退税，但对于勤劳的"小蜜蜂"青青来说，这就是一种等待的折磨。

　　而且，虽然在以后的月份可以申报，但是根据最新政策，对于超期申报，除了正常录入出口货物明细表和进货明细申报表，还需要录入出口货物收汇情况表。所谓收汇情况表的数据，就是企业收到国外客户汇款后，银行出具的银行收汇凭证或结汇水单等。

　　青青选择退税申报向导第二栏"免退税明细数据采集"中的"出口货物收汇情况表"（见图 11 - 3），进入页面后点击"增加"，出现了录入页面（见图 11 - 4）。

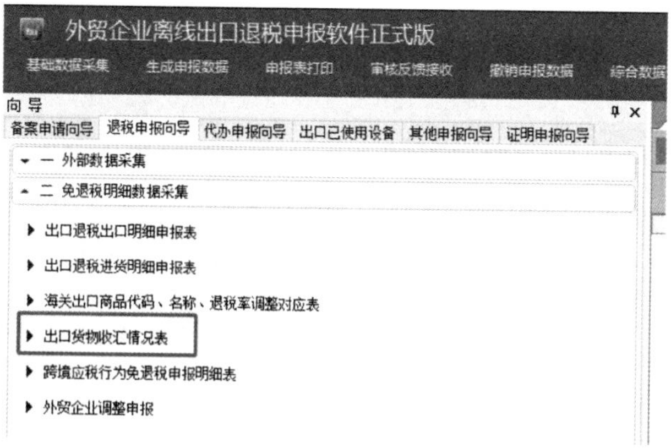

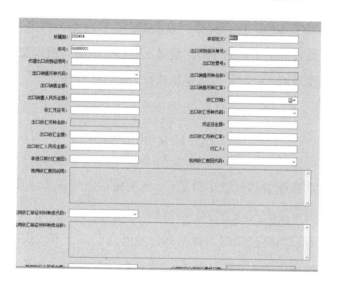

图 11-3 免退税明细数据采集—出口货物收汇情况表

图 11-4 出口货物收汇情况表录入页面

　　青青一看到需要录入的数据便满头黑线，暗道不好，需要录入这么多数据，难道这就是对未按时完成申报退税的惩罚吗？唉，好在只有这么一票电子信息没有到，如果再多点儿那可就"万劫不复"了。

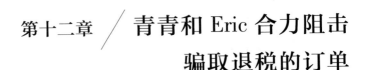

第十二章 / 青青和 Eric 合力阻击骗取退税的订单

所谓"四自三不见"业务，是指出口企业违反外贸经营的正常程序，在客商或中间人自带客户、自带货源、自带汇票、自行报关和出口企业不见出口货物、不见供货货主、不见外商的情况下进行所谓的"出口交易"的业务。这类业务属于违规业务，发生骗取退税款行为的可能性极大。

第一节　Eric 的老同学

一天，青青在外面办事时接到了 Grace 的电话，她说 Eric 要找青青审核一份合同，让青青第二天回办公室和他碰一下面。

第二天青青回到办公室时，看见办公室里坐了一个不认识的人。Eric 见青青回来，便领着这个人上前打招呼："上午好，魏经理。这是我的大学同学潘宇。"接着他又转向潘宇说："这就是魏经理。"看样子，Eric 已经私下向潘宇介绍过青青了。

"你好，魏经理，早就听说你了，真是年轻有为啊！"潘宇主动和青青打招呼。

经 Eric 简单介绍，青青了解到潘宇和 Eric 在大学时是同班同学，毕业后各奔东西。寒暄几句，便进入了正题。潘宇说他毕业后，子承父业做棉服生意。潘宇的父亲在鞍山有自己的工厂，现在工厂的出货量比较大。工厂接了不少外国客户的订单，有的订单量太大，就放到其他工厂加工了，他们合作的工厂有 4 个。潘宇想在大连找一家外贸公司组织货源，统一管理，这样方便出口。正好潘宇知道 Eric 所在的公司新开了一家外贸公司，便想和 Eric 合作，他希望代理费能少收点，给个朋友价。

　　青青和 Eric 之前有过摩擦，虽然这段时间他们之间的关系有所缓和，但是两人之间还是有些疏远。青青作为新晋经理，也不想和 Eric 再产生什么隔阂，而且考虑到业务部提高业绩不容易，青青也希望不要因为自己与 Eric 曾有过不快而导致合作失败。再加上 Eric 和潘宇的这层关系，青青不想过于干涉代理费的多少，便点头笑着说："都是朋友，代理费好说，只要保证我们公司这边不会难做就行。"

　　Eric 看青青对他的业务持支持态度，非常高兴，得意地对潘宇说："代理费就按照出口金额的 1.5% 收取吧，你知道正常情况下其他公司都收取 3% 呢。"

　　潘宇听 Eric 说完，满脸堆笑应声道："那就这么定了。下午我就让我们公司的业务员和你把合同签了。"

　　下午，潘宇公司的业务员李小姐来到 FH 贸易公司和 Eric 商讨合同细节，青青在旁边做记录。李小姐简单介绍了订单的情况：产品出口的国家是韩国，进货的公司包括鞍山易盛服装公司，也就是潘宇的公司，除此之外，还有河北和山东的 4 家公司。韩国客户可以在签订合同时预付 30% 的定金，定金先进入 FH 贸易公司的账户，余款将在出口后 20 天内付清，退税由 FH 贸易公司负责办理。

　　听到这里，青青插话道："你们看看能不能让其他几家供货商也和我们签订合同？"

　　李小姐用十分肯定的语气回答："没有问题，我们的关系都是很不错的。"

　　青青又从业务角度问了一句："辽宁省也有很多企业做棉服加工，你们为什么不在省内寻找工厂呢？这样成本不是会降低很多吗？"

　　李小姐说："我们要求的工艺稍微有点复杂，具备这种能力的工厂比较少。对了，魏经理，国外客户的预付款会提前打来，你尽快把银行的汇款路径给我，我好告知客户。"

"好，我们在韩国外换银行开的户，应该很快就能收到汇款。"

和李小姐敲定相关的价格后，双方达成了初步的意向，由 Eric 组全权负责订单的监督及出口后续方面的操作。

第二节　看不到的货物

一个月过去了，青青见 Eric 很长时间也没有去潘宇公司了解订单的情况，便问 Eric："上次鞍山易盛的棉服订单加工好了吧？第一笔的出口订单，你不去看看吗？"

"那个订单由他们全权负责，我们收取代理费就行了。我昨天还打了个电话，李小姐跟我说应该这两天就能出货，不用我过去了。那里离咱们公司挺远的，再说人家都把预付款打过来了，咱们不用管他的质量问题，只管收钱就行了。"Eric 回答道。

青青一听，马上提高警惕："你必须去一趟，现在税务局对'四自三不见'业务很关注。一旦税务局查出我们有这样的业务，我们便有了骗取国家退税的嫌疑。最后，不但我们要视同内销征税，还要追究相关人员的刑事责任。"

Eric 勉强挤出点笑容说："应该不会有问题吧？他是我大学同学。你说得太严重了吧？税务局怎么知道咱们没看到货物，咱们说看到了不就行了？"

青青看到 Eric 那副没有底气又硬要逞强的样子，断定他还是不清楚问题的严重性，无奈地说："税务局来检查的时候，会要求你提供相关人员的差旅费用，你能不能提供去鞍山的交通费和差旅费的发票，不是一目了然的吗？"

Eric 这才意识到自己想得太简单，便忙说："有发票就行了吧？那我马上过去一趟。"

"如果你能拿几个样品回来，我们心里就更有底了。"

"好，我拿几件棉服。冬天了，咱们办公室人员都分一件。"

Grace 听到后高兴地说："好啊，帮我带一件 M 号的。"

青青无奈地看了 Grace 一眼，转向 Eric："办正经事要紧。Eric，一定要看看货物的质量。"

第二天一大早，Eric 买了火车票直奔鞍山，青青则在办公室等着他的消息。

周末晚上，青青一边吃饭一边看电视时接到了 Eric 的电话。Eric 急促地说："我今天见到潘宇了，他说工厂这几天一直在维修设备，暂时没有人，所以我暂时见不到货物。听他的意思，货物已经做好放在仓库里了，因为仓库离鞍山市区比较远，所以他让我先回大连，再把样品快递给我。我说我既然来了总得看看货物吧，他就很不高兴，说钱都给咱们了，还说我不信任他，非让我先回去。我觉得说不通，快递不是更麻烦吗？看他这样，我现在心里也没底了。我想我还是过几天再回去吧，今天先打个电话告诉你一声。"

青青想了想说："你还是先回来吧。一是人家不想给你看货，你待在那里也没有用；二是毕竟人生地不熟的，你一个人待在那里也不安全；三是我们的相关单据暂时还没有给他们吧，所以你也不用着急，先回来吧。"

Eric 一听更着急了："前几天李小姐将相关单据要走了，说要马上准备好。我已经把相关单据都给她了，需要我现在问她要回来吗？"

青青又考虑了一下说："暂时不需要。毕竟现在还没有发生什么不正常的业务，你只是没看到货物而已。万一是正常的业务怎么办？你先回来，我们再从长计议。"

两天之后，Eric 回到了市内办公室。一回来他就急急忙忙地找到青青说："青青，你看情况已经是这样了，我们应该怎么办呢？我现在心里也没有底，一旦出现问题就是我的责任了。如果这次订单又没有处理好，公司肯定会怀疑我的工作能力……"

看到 Eric 的样子，青青安慰他说："谁也不希望出现这样的情况。你的出发点是好的，就是对退税业务还不太了解。再说咱们现在只是怀疑这批货有问题，毕竟还不是事实。"

"那我们现在该怎么办呢？单据也给他们了，应该以一个什么样的理由去要呢？"

青青想了一下说："易盛工厂的货物要运到大连，咱们可以借帮助安排场地的名义，在他们到大窑湾港卸货时开一个箱子看看，你说呢？"

"这是个好办法，就这么定了。货车到大连的时候，咱们去看一下。"Eric 肯定地说。

"不过怎么才能知道货车什么时候到大连呢？"青青对业务的具体操作过程不太熟悉。

Eric 长期做业务，对业务过程很熟悉："货代公司肯定知道。我上次问过李小姐订的是哪家货代公司，她说是大连恒源物流。我认识恒源物流的一个销售经理，我一会儿打电话给他，以货主的名义要一个配舱委托，再问问司机的电话和车牌号。"

"这倒可以，你先打听一下吧。"

下午 Eric 回来说："基本都打听到了，他们这周五，也就是后天早上送货到大窑湾场地。我早上去场地等他们，车一进港我就上车去看货物。"

青青皱眉说："对方肯定不会让你看货的，得想个别的办法。要不咱俩一起去吧，到时候见机行事。后天早上 5 点钟你来接我，一个小时应该能到场地。那时候还没开门，咱们等着他。"

第三节　青青和 Eric 同舟共济

周五早上天还没有亮，青青和 Eric 就直奔大窑湾场地了。

青青和 Eric 一路聊着天，来到了大窑湾场地的大门口。到场地的时候，天还没完全亮，Eric 下去看了一眼，没有看到他们要找的那辆货车。Eric 回来跟青青说："估计那辆车还没有到，你先在车里休息下，我在外面盯着，车来了我告诉你。"

因为很早就出来了，青青确实也困了。她点点头，就迷迷糊糊睡着了。

等青青睁开眼的时候，Eric 已经发动了车子。他紧跟着一辆白色的福田中型货车。司机到达目的仓库后开始卸货，Eric 对青青说："等他卸完，我就过去。"

青青打起精神说："我和你一起去。"

司机卸完货后四处看了看，又等了一会儿，便开车离开了。青青和 Eric 走到卸货的地方，准备开箱查看，这时候场地的工作人员来到他俩跟前问："你们俩是干什么的？"

Eric 忙说："我们是大连 FH 贸易公司的，有个箱子的货可能发错了，我们要看一下。"

工作人员问："有保函吗？"

Eric 转头向青青使眼色，问青青："你把保函带过来了吗？"

"我忘记了，不过介绍信我带来了。"青青把介绍信拿给工作人员看了一下。

工作人员看也没看就说："不行，我们要货代公司开一个保函，证明是你们打开的箱子，不然这货物损坏了谁来负责？"

后来，经过 Eric 的一番沟通，工作人员终于同意了他们查看货物的要求。

Eric 迅速打开一个箱子，从一个包装袋里拿出一件衣服，悄悄对青青说这次报关出口的是女式西服套装，但这件衣服是旧的，一看就是在仓库放了好长时间了，还有一股霉味。

青青低声说："你赶快拍下照片，再打开其他箱子看看。"

Eric 又打开了几个箱子，里边的衣服款式各不相同，但都是旧衣服。青青和 Eric 拍好照片后装好箱子，对工作人员表示了感谢，然后走到场地没人的地方，将照片发送给了潘宇和李小姐。

一会儿工夫，潘宇就打来了电话。Eric 也不想说太多，直接对他说："潘宇，你把货物都撤了，我就当不知道。否则，别怪我不客气。"

又过了一会儿，刚才的货车司机又回来了，重新把货物装上了车，临走时狠狠地瞪了青青和 Eric 一眼。

之后，Eric 联系了李小姐并把单据都拿了回来，青青和 Eric 总算松了一口气。不过松口气也是暂时的，青青和 Eric 在车上为怎么向崔京宇说明此事思索起来。潘宇公司的业务对公司来说非常重要，崔京宇曾说金社长非常关注这笔业务，崔京宇原本也以为潘宇公司的业务有望让公司的领导们看到一张非常好看的报表。

青青觉得应该立即向崔京宇当面汇报此事。如果业务做不成，崔京宇早晚都会知道，那时被崔京宇喊去问话，处境就太被动了。

Eric 也同意青青的做法，不过他还心有顾虑："崔京宇会不会质问我们为什么没有早点发现这个骗局？"

青青明白 Eric 担心崔京宇会因此质疑自己的工作能力，看着 Eric 紧锁的眉头，青青安慰他说："我们只要把事情说清楚就没事了。毕竟这件事情能及早发现就已经让公司避免陷入更大的风险了。"

青青笑着说："财务方面的事情我比较了解，回公司后我向崔总解释。现在我们得先给崔总打个电话。"说罢，青青打电话给崔京宇说要向他汇报关于潘宇公司的业务，她和 Eric 现在正在从场地赶回公司。

到了公司，崔京宇一见到他们连忙追问事情的详情："潘宇公司的出口业务突然不做了，是出什么问题了吗？社长对外贸公司这笔订单寄予了很大希望，希望你们能说清楚。"

青青镇定地将事情的经过向崔京宇解释清楚，从 Eric 问潘宇公司要求看成品而对方迟迟不让查看说起，到 Eric 为此奔走潘宇公司求证，以及 Eric 载着青青一大早去大窑湾场地查看成品，对期间 Eric 尽职尽责，想各种办法看到货物，最终发现出口的实际货物和报关货物不符等都做了详尽的描述。同时，青青还将对方以劣充好，在财务上会出现退税风险、造成利润损失的利害关系分析了一通。

当崔京宇听到青青说相关人员有可能要负刑事责任时，神情逐渐由惊疑变为凝重："你们能提前发现、及时处理，帮助公司避免经营风险，工作能力值得肯定！"

不仅没受到批评，还得到了崔京宇的肯定，Eric 心中阴影消散的同时，对青青也充满了感激。

不久后，Eric 和崔京宇就听说同行业有人因为接了潘宇公司的业务被税务局调查，最终被追究刑事责任。崔京宇对青青和 Eric 更加欣赏了，多次在会议中提到此事，号召公司全体员工向青青和 Eric 学习。

Eric 对于这次事件心有余悸，除了约青青出去吃饭外，也请求青青给他多讲解一些财务的基本知识。青青和 Eric 的关系也由同事变成朋友，在两个人的共同努力下，外贸公司的业务有了稳定的发展。

青青对出口企业退税业务的操作也越来越熟悉，但她并没有止步不前。她认为自己对国际贸易中的贸易方式以及国际收支结算等方面的知识掌握得不够熟练，但是她充满了信心，想利用与业务部的合作加强对这方面知识的了解和掌握。

随着出口环境的不断变好，青青相信通过努力工作会证明自己的价值，企业也会获得更大的利润，FH 贸易公司会以良好的态势向前发展。

心怀希望的，不仅仅有青青，还有 Eric、Grace 等很多伙伴。阳光照进市内办公室，也闪耀在每个员工的眼睛里。

小贴士

在"四自三不见业务"中，受托方对于整个出口流程掌控力不足，因此极易发生骗取国家退税的行为，最后给受托企业造成利润损失。主要表现为以下几方面。

1. 出口企业将空白的出口货物报关单、出口收汇核销单等退（免）税凭证交由除签有委托合同的货代公司、报关行，或由境外进口方指定的货代公司（提供合同约定或者其他相关证明）以外的其他单位或个人使用。

2. 出口企业以自营名义出口，其出口业务实质上是由本企业及其投资的企业以外的单位或个人借该出口企业名义操作完成。

3. 出口企业以自营名义出口，其出口的同一批货物既签订购货合同，又签订代理出口合同（或协议）。

4. 出口企业出口货物在海关验放后，自己或委托货代承运人对该笔货物的海运提单或其他运输单据等上的品名、规格等进行修改，造成出口货物报关单与海运提单或其他运输单据有关内容不符。

5. 出口企业以自营名义出口，但不承担出口货物的质量、收款或退税风险之一，即出口货物发生质量问题不承担购买方的索赔责任（合同中有约定质量责任承担者除外）；不承担未按期收款导致不能核销的责任（合同中有约定收款责任承担者除外）；不承担因申报出口退（免）税的资料、单证等出现问题造成的不退税责任。

6. 出口企业未实质参与出口经营活动、接受并从事由中间人介绍的其他出口业务，但仍以自营名义出口。